根本真情系列6

走過烽火歲月

林怡種 /著

自序 回首戰地見聞

林怡種

二〇〇一年元月二日，金門縣政府組成的近兩百人參訪團，分乘「太武號」與「浯江號」客輪，自金門料羅港航向隔絕了五十一年的廈門島，金、廈兩門重啟交流歷史新頁。

七年來，每年借道金門往返兩岸的旅客，超過七十萬人次，而且，金門島上區區數萬居民，已在廈門購置近萬套樓房，娶回一千五百多位大陸新娘；同時，福建地區人民，亦可登臨「金門」觀光旅遊，購買金門高粱酒。相對地，許多金門婦女相偕到廈門百貨公司、市場購物閒逛，早上去、下午回，舟楫往返間，廈門成了金門的後花園，金、廈又恢復往日「共同生活圈」，應驗了「昔日天涯，今在咫尺」！

二〇〇八年七月四日，廈門航空與華信航空「包機」，分載「首發團」對飛，實踐兩岸「擱置爭議、追求雙贏」，邁向和平新里程。

其實，戰爭與和平的感受，對一般人來說，似乎很遙遠，也難以憑空想像；了不起只能在電影院裡，透過聲光效果領略硝煙彈雨之情境。而我出生在戰地金門，歷經了「八二三砲戰」、與長達二十年的「單打雙不打」歲月，身在一百五十平方公里的小島上，飽嚐九十餘萬發炮彈轟擊。曾經，多次砲彈落在身旁，生死一瞬間，好在幸運之神常相左右；也曾經，目睹同胞被炸死、炸傷，血肉模糊，那一幕幕驚悚的畫面，以及童年在斷垣殘壁裡苟命的情景，雖已事過境遷，迄今依然記憶猶新。

如今，砲聲漸漸遠颺，金門不再是戰地，島上駐軍大量撤離，甚至，連軍事核心禁地的「擎天廳」，以及爆發「八二三砲戰」當天，金防部三位副司令官吉星文、趙家驤、章傑同時中彈殉職的「翠谷」，也對外開放參訪，金門已然褪下「反共堡壘」的外衣，可望逐步成為兩岸和平的橋樑、遊客如織的觀光島嶼。

時值「八二三砲戰」五十週年前夕，出版《走過烽火歲月》一書，實非蓄意挑撥不堪回首的戰爭悲情，而是反芻砲火下的見聞點滴，祈讓更多人瞭解戰地金門、探索浯島風土民情，一起為「戰爭無情、生命無價」作歷史見證！

二〇〇八年七月二十八日

目次

尋根之旅／173

附錄：「尋根之旅」相關報導／211

走過烽火歲月

走過烽火歲月

民國五十八年夏天，我唸完國二，學校舉辦「暑期課業輔導」，提早為畢業班先上國三上學期的主科課程；每天上午四節課，希望應屆生在「高中聯考」爭取好成績。

當時，位於金門島東北隅沙美鎮上的「金沙國中」，剛落成的「工字型」兩層樓校舍，中央主體建築貼著棗紅色的磁磚，矗立在一片光禿禿的紅土高地上，稱得上是美輪美奐，然由於周遭尚未進行植栽綠美化，同時，既無迷彩偽裝、亦無地勢隱避，在全民皆兵、烽火漫天的戰地金門，目標顯得非常耀眼；隔海的共軍在鴻漸山居高臨下，無需使用望遠鏡，憑肉眼即可一目了然。

話說「金沙國中」，其前身為「金沙初級職業學校」，成立於民國五十四年，創校之初並無專屬校舍，先暫借「金沙國小」教室上課；直至民國五十六年新建校舍落成，也配合全國同步延長九年國民義務教育，正式更名為「金沙國民中學」。也因此，同年入學的新生，已是第四屆，卻率先在新校舍上課，然校園因陋就簡，連運動場也付諸闕如，上體育課沒有跑道熱身，也沒有球場投籃，老師帶著學生持圓鍬和十字鎬挖土整地，或到附近田野挖草皮，搬回校園美化環境。

或許，有幸躬逢延長九年國民義務教育，但因全國同步開辦，國內師資不足，何況，金門孤懸海島，又逢烽火漫天，炸死人不償命的砲彈滿天飛，鮮少有大學畢業生願冒著生命危險，搭登陸艦乘風破浪、暈二十幾個小時到金門任教。所以，島上的國中教師，大都是隨國軍來台的退伍軍人，有些老到可以用「齒危髮禿」來形容。尤其，他們來自大江南北，上起課來南腔、北調，或吳儂軟語，什麼口音都有，常常老師講得口沫橫飛，而台下的學生彷如鴨子聽雷——聽嘸啦！

除此之外，由於當時烽火連天，生命毫無保障，很多孩子出生後，養了好幾歲才報戶口；也很多國小畢業生，未能唸初中輟學在家，適逢延長九年國教免試直升國中，有機會能重回學校讀書，那是千載難逢的大好機會，誰願錯過？

因此，班上許多同學都已超齡，甚至，少部份來自台灣的老師，普遍是三專或五專畢業生，年紀都很輕。比如我的級任導師，剛剛從五專畢業，芳齡正好是十八姑娘一朵花，而班上好幾個同學早已成年，形成「囝仔教大人」的有趣畫面，大家見怪不怪！

尤其，隨軍來台的老師，偏向文史科，而英、數、理化等學科，常常找不到老師上課，校長只好央求「金防部」調派陸軍官校、海軍官校、空軍官校畢業的軍官代課，也因此，穿軍服的老師在校園穿梭，或站在講台上課，一點也不值得大驚小怪。有時，某一個學科，一學期課程歷經陸、海、空三軍輪流授課，那是家常便飯，不足為奇。

其實，新校舍剛落成，校園百廢待舉，就連上、下課的鐘，還由工友手持一個銅製鈴鐺，分別跑到大樓兩邊用力搖呀搖。而負責搖鈴的工友，年紀也很輕，每天站在教室外搖鈴，頑皮的學生常與他嬉戲，彼此之間沒有什麼隔閡。

就在「暑假課業輔導」期間，有一天早上，我騎著腳踏車匆匆趕到學校，一進校門發覺同學三五成群聚在一起，人人面色驚恐萬分，有些女同學還掩面哭泣。因為，搖鈴的工友昨夜加班，在教務處用手推油印機，幫我們印考卷，不幸被對岸打過來的「宣傳彈」直接命中大腿，失血過多，一命嗚呼，因此，校園裡籠罩著一片哀傷的氛圍，上課時間到了，也沒有人搖鈴，大家徘徊在教室外，人人表情凝重、面帶哀悽。

本來，第一節是數學課，要幫大家上課的張森慶老師，暑假沒有返台探親，特別留在金門幫我們上課，他哭腫了眼，大概是一整夜沒睡，露出蒼白疲憊的臉龐，頻頻安慰同學們：

「不要怕，要好好讀書，化悲憤為力量，將來長大好報效國家！」

平常，我自認膽子很大，也很好奇，不管在村內、或在校園裡，什麼地方被砲彈擊中，無論是房子倒塌或有人、畜傷亡，光是聽人口耳相傳，實在不能滿足好奇心，每每非要看個究竟、瞧個仔細不可。既然學校發生如此悲慘的事，是該親眼看個仔細，將來好為歷史作見證。

於是，我獨自偷偷繞過辦公廳右側，跑到教務處後方的玻璃窗邊，牆壁被貫破一個大洞，順著破洞探頭向裡面瞧，但見教務處裡滿室凌亂，桌椅東倒西歪，一張被炸爛的桌子底下，地面上布滿一大灘鮮紅的血漿，一截穿著球鞋的斷腿，還斜躺在那裡，看來怵目心驚。據說，工友除了被砲彈頭直接打斷大腿，最大的致命傷，是另一塊彈片穿進臂部，造成嚴重失血，才會急救無效。

時光荏苒，三十幾年後的金門島，砲聲漸漸遠颺，當年理大光頭的國中生，即將步入知天命的老翁，其間雖一直很好奇，也很大膽，看過無數可怕的畫面，但是，除了在電視和電影上，再也沒有看過比「校丁」被砲彈炸斷腿更可怕的情景。而且，我一直很疑惑，孩子上學的校園，為什麼常挨砲彈轟擊？敲鐘的工友何辜，為什麼要身首異處慘死？

出生在戰亂的金門，童年走過烽火歲月，今天回想起來，依然心有餘悸。

二〇〇三年十月七日

硝煙下的見聞軼事

民國七十一年初春，有一天早晨，和煦的陽光無羈地灑在大地，薄霧從料羅灣的海面陣陣輕拂而來，裊繞在太武山層巒疊翠的山巔與路旁木麻黃的尾梢，為戰地軍民緊張的氛圍，平添幾縷詩情畫意。

和往常一樣，我騎著野狼一二五機車到報社上班；一路上，小心翼翼地握緊油門注視前方，專心讓車輪在柏油路面滑行，無視於路旁熟稔的景色，也無視於往來的車輛。

經過後園村之後，轉了一個彎道，成功崗上報社大門在望了，正準備輕踩煞車減速滑下夏興斜坡的當兒，迎面左邊對向車道一部機器馬達三輪車，非常賣力地在爬坡，吐出一陣陣濃濃的白煙。

本來，機器馬達三輪車，普遍是肉商用作載運待宰的豬隻，或從屠宰場載出劈成兩半的屠體進入市場，車子一經發動上路，不但隆隆的馬達聲震耳欲聾，若再加上被綑綁的豬隻哀號聲，絕對令人避之唯恐不及。甚至，沾滿豬屎、豬尿和血水的車體，既髒且臭，鮮少人願接近。總歸一句話，任何人遇到這樣的車子，也懶得多看它一眼。

然而，大清早迎面相遇的機器馬達三輪車，後車斗上不是站著孔武有力綁豬的屠夫，而是站著兩個阿兵哥，顯得非比尋常。於是，我好奇地踩住煞車回頭多瞧一眼。就在回眸剎那，驚見站在車斗上雙手緊握欄杆的兩個充員兵，身上的草綠服沾滿血跡，而且，車斗被血染紅的棉被下，蓋著好幾具也穿草綠服的軀體，似乎都早已氣絕死亡，應是要運往夏興坡上的「花崗石醫院」太平間，看來怵目心驚。

進了辦公室，我感到整個人坐立難安，腦海裡依然不停地浮現那部賣力爬坡的機器馬達三輪車，以及車斗上被血染紅的棉被，彷彿剛看完一部戰爭電影，腦海一再浮現士兵中彈陣亡哀號的畫面，心頭有一股驚恐的餘悸，不斷在滋長。

當然，在戰地前線金門，處處可見「保密第一」、「防諜為先」的精神標語，連中、小學生也要常常舉辦保防演講、保防常識測驗、保防書法、保防歌唱等各項比賽，藉以加強宣導，防止敵人滲透破壞。尤其，部隊的事，即使看到、或知道，也要「守口如瓶」，不能講、不能問、也不能刺探；否則，若被冠上「匪諜」的罪名，將會惹禍上身。

簡單舉個實例來說吧！曾經，有一個到軍營收餿水養豬的老阿伯，因部隊突然移防，老阿伯問新到的阿兵哥，營區裡總共住了多少人，目的只為估算能收到多少餿水，可以養幾條豬。結果，一個機警的士兵落實「保密防諜」要領，發現可疑人物，立即向上級報告：「有一個陌生的老伯刺探軍營人數。」

於是，隔天養豬的阿伯再來到軍營附近，從此失蹤一個多月，家人不知道他的下落，當他被釋放回家後變得噤若寒蟬，不敢輕易開口說話。而那個「發現可疑人物」、立即檢舉的士兵，獲上級放「榮譽假」——核准返台休假一航次。

因此，軍營裡到底發生什麼事，沒有人敢說，也沒有人敢問。可是，機器馬達三輪車載運屍體的事件，畢竟「代誌太大條」了，軍營發生開槍掃射事件，造成多人傷亡的駭人聽聞，由於不得不僱用民間葬儀社協助處理，終致紙包不住火，島上暗地裡開始流傳著「金西守備區」后盤村附近的軍營裡，有一個來自東台灣的吳姓山地士兵，小學沒畢業即輟學在外工作，服兵役抽中「金馬獎」來到金門，每週四的「莒光日」，官兵停止操課，集中收看華視「莒光日教學」節目，課後依規定要寫心得報告，由於該兵識字不多，心得報告寫不出來，依規定要抓去「關禁閉」。

因此，該兵的「心得報告」，每每是央求同袍幫忙代筆，可是，別人幫忙「三時有陣」，偶而代勞一兩次，怎麼可能每週都代寫，何況，每個人都有自己的作業要完成，任誰皆沒有閒工夫代捉刀。

然而，沒人願幫忙不打緊，部份人還揶揄嘲笑他。或許，一個義務役的士兵長期離鄉背井，軍中刻板生活適應不良，心情鬱卒苦悶，加諸台、金兩地直撥電話未開放，也因不識字未能寫信回家訴苦，年輕人血氣方剛，按捺不住心中的氣憤，目睹全連官兵用早餐，自己卻輪值站衛兵，一時想不開持槍朝餐廳門口瘋狂掃射，把身上的彈匣打完後，才用預留的最後一發子彈自戕，釀成傷亡慘重的大悲劇。

據市井傳說，當槍聲大作之時，沒有經驗的菜鳥新兵，聞槍響恐慌拚命往外逃命，結果適得其反，竟淪為子彈掃射的「活靶」，下場非死即傷；相反地，一些比較有經驗的「老兵」或軍、士官臨危不亂，聞槍聲立即就地臥倒在餐桌下，最後均能幸運逃過一劫。

雖然，我曾在「金門衛生院附屬醫院」工作，鑾長的一段時間在X光室當助手，曾參與多次砲擊傷患急救，目睹許多被砲彈炸斷手、腳，血漿汩汩直噴、痛苦哀號的傷患，似乎都不曉得害怕。但是，那天清晨上班途中，所見的機器馬達三輪車爬坡的情景，那令人膽顫心驚的畫面，二十年來一直縈繞腦際，未敢輕易對人言起。

如今，事過境遷，兩岸砲聲已遠颺，島上駐軍陸續撤離，金廈開啟「小三通」交流新頁，金門戰地實施軍管「全民皆兵」已成歷史名詞，一些硝煙彈雨下悲慘的見聞軼事，也將逐漸成過眼雲煙，不復記憶。

二〇〇三年六月十九日

金門一百零八條好漢

金門古稱「浯島」或「浯洲」。又因自海上東眺，金門島上的太武山宛如仙人臥地，所以也稱「仙洲」。

唐朝貞元年間，朝廷在閩南設置五個牧馬區，「浯洲」即為其中之一。牧馬侯陳淵奉命率中原蔡、許、翁、李、張、黃、王、呂、劉、洪、林、蕭等十二姓氏入浯屯墾牧馬，經過一千六百多年的生聚繁衍，如今，金門島上的常住居民與旅居台灣的子民有三十餘萬人；而且，旅居南洋等地的華僑，總數超過七十萬人。

因此，後世的金門子民，尊稱陳淵為「開浯恩主公」，許多村落建有「牧馬侯祠」、「恩主公廟」或「孚濟廟」奉祀，平日香火鼎盛，尤其，每年的農曆二月初一日，相傳為「恩主公」的寶誕，全村男女老少總動員，神輿出巡，旌旗飄揚，鑼鼓喧天，作醮感恩成為村民年內的大事。

當然，昔時金門歸屬福建省同安縣綏德鄉翔風里，係孤懸海中的蕞爾小島，天然資源貧乏；幸好，島上太武巨岩由對岸鴻漸山脈渡海延伸，儼若仙人臥地。或許，拜「仙山」鍾靈毓秀，孕育英才之賜，且宋紹興年間進士朱熹授任主簿同安，曾來金門城北側燕南山設帳講學，以致浯島文風鼎盛，科甲連登，明、清兩代，先後出過四十三位進士和一百三十幾位舉人在朝為官；諸如：明萬曆十七年同安縣高中八名進士，其中金門籍就有五人；甚至，如「開台進士」鄭用錫，是金門內洋村人，而且，「開澎進士」蔡廷蘭，也是金門瓊林人。

再者，又如榕園風景區內那幢碩果僅存的四合院——「慰廬」，是明朝國子監助教洪受的故居，也是昔日西洪村的舊址，該村曾經「人丁不滿百，京官三十六」，島上人文薈萃，可見一斑。

此外，清代武功興盛，金門島亦是人才輩出，曾經「九里三提督，百步一總兵」，在在印證金門雖是貧瘠之島，但因地靈人傑，文風鼎盛，人才輩出，素有「海濱鄒魯」的美譽，名不虛傳。

事實上，金門是有歷史、有文化的地方。然不幸的是，民國三十八年十月廿五日「古寧頭」一役之後，「國、共」兩軍隔著金廈海峽重兵對峙，金門淪為戰場，居民長期生活在共軍的砲火下，島上青年無分男、女，年滿十六歲即納入「民防自衛隊」編組，管制不能隨便出境赴台、或到南洋謀生，因而民生困頓，家家戶戶普遍喝蕃薯湯過日子。

民國五十四年，國防部在金湖鎮下莊、與西洪村之間飛沙滾滾的田野，成立「陸軍第三士官學校」，由於當兵在軍營可吃大米飯，加諸各級學校實施「反共復國」教育，激勵青年熱血沸騰，一時風起雲湧，吸引金門青年熱烈響應，爭相投筆從戎，踏上「從軍報國」之路。

報名之初，家住金沙鎮洋山村的林必生，因其父林永輝於民國三十五年被抽中「壯丁」入伍，與同梯兩百餘鄉親編入國軍第七十師，開拔至大陸作戰，生死未卜、音訊全無，因而率先報名，消息被大篇幅刊在當時金門唯一的地方報——《正氣中華日報》。

「陸軍第三士官學校」是在民國五十四年九月一日成立，由張嶸生出任首任校長。第一期共錄取四百五十名金門青年，編成一個大隊，分屬四個小隊，其中第四小隊是年紀最小的「娃娃兵」，很多學生個子還不及一枝步槍高，也都爭相響應「從軍報國」。學生部隊完成整編，一週之後，搭乘軍艦開拔到台南官田的「隆田陸軍第八訓練中心」，編入第一營四個連隊，接受新兵基本訓練。

訓練期間，這群來自戰地的青年軍，個個孜孜不倦，人人奮勵向上，各項訓練競技或比賽，無論是個人或團體成績，均名列前茅，深受各級長官的肯定與讚賞，金門縣政府與島上各界紛紛組團前往慰問。尤其，金門長期飽嚐炮火蹂躪，在苦難中成長的青年，較能吃苦、耐勞，且思想純正，最能「忠黨愛國」，在軍營中備受肯定與倚重。

學生部隊經過「前八週、後八週」共計兩個階段嚴格訓練之後，再搭軍艦返回金門校本部，接受士官養成教育。當時的「金門防衛司令部」司令官尹俊上將關愛備至，經常親臨校區視察，特別是當時的國防部長蔣經國先生，於青年節前一天蒞校召集學生隊伍精神講話，對戰地青年從軍報國的熱忱及健強的體魄讚不絕口，因而於十幾天後派員來金門，遴選一百零八名學生，送到憲兵學校接受更嚴格之訓練。

三個月之後，在憲兵學校受訓的金門青年，個個成射擊和拳擊高手，拳腳功夫一級棒，榮獲分發至士林官邸，擔任最高領袖總統的護衛安全，「金門一百零八條好漢」因而聲名遠播。

由於來自金門戰地的「一百零八條好漢」，秉持「精誠團結一條心，忠貞愛國為領袖」，曾獲日理萬機的總統多次一一點名垂訓嘉勉，鼓勵大家參加國軍隨營補習教育，閒暇時多讀書充實自己，或繼續投考軍官學校，將來才能肩負更重要的任務。

值得驕傲的是，這群曾在砲火下失學的青年，果然是「好漢」，許多人接受最高領袖的感召，紛紛投考三軍官校深造，取得完整的學、經歷，更由於在部隊裡傑出的表現，出類拔萃獲晉升上校的不勝枚舉，升將軍的亦大有人在，為金門爭光！

當然，沒有投考軍校留在官邸的「金門好漢」，也普獲層峰重任，其中多人獲派駐美國紐約照護蔣夫人安全；民國六十四年四月五日， 蔣總統中正先生不幸崩殂，靈柩奉厝慈湖大典，出殯隊伍從 國父紀念館出發持花圈當前導者，正是「金門一百零八條好漢」之一的戴燕；其餘兩側扶靈的護衛官，大都由「金門好漢」擔任，金門子弟獲重視情形，猶如管中窺豹，可見一斑。

經國先生就任總統期間，更有多位「金門好漢」，獲遴選為「御前侍衛」，貼身護衛經國先生安全。經國先生不幸駕崩，靈柩奉厝大溪，擔任扶靈柩的護衛官，也逾半來自「金門一百零八條好漢」，他們護衛經國先生上山、下海，完成「十大建設」、創造台灣經濟奇蹟，也護送一代偉人，走完人生最後一程。

光陰似箭，國內政治環境變遷，「金門一百零八條好漢」隨著歲月更迭，紛紛解甲歸田，但他們的「精誠」與「忠貞」，所打造的「金」字招牌，讓「金門人」在國人心中烙下深刻的印象，成為許多公家單位或民間企業爭相網羅的對象。

如今，兩岸關係和緩，金門不再是戰地，「陸軍第三士校」早已走入歷史，校舍經多次變更用途，「雕樓玉砌應猶在，只是朱顏改」，儘管校門依舊在，只是名稱改為「金防部幹訓班」，但金門駐軍幾乎快撤光了，所以，幹訓班已很少看到招收學員，當年晨昏作息軍號聲已歇止，嘹亮的軍歌聲也沉寂，「一百零八條好漢」的故事，將逐漸為人們所淡忘，然而，他們打造的「金門精神」，也指引著戰地青年前仆後繼，將永遠活在鄉親的心中。

二〇〇四年三月十九日

我曾「冒名頂替」

民國六十四年，我考取「金門縣衛生院附屬醫院」的約僱人員，參與行政院衛生署「金門地區血絲蟲病五年防治專案計畫」工作，於二月一日正式報到上班。

記得報到的當天早晨，我帶著寢具從鄉下轉了兩路公車，好不容易才趕到醫院，姍姍來遲的結果，在同梯三名錄取者之中，成為最後一名報到者；由於員工宿舍僅剩兩個床位，後來者只能自己想辦法，課長易全球看我住鄉下通勤不方便，帶我到值日室，指著最裡面的一張空床，要我暫時委曲將就。

醫院的值日室，是舊門診區的急診室，裡頭擺放著四張舊病床。一張是值日官的床位，另兩張是值班救護車司機與抬傷患工友睡覺的地方，一切因陋就簡，連衣櫥也沒有。

認真說，我是屬於比較「淺眠」的人，夜間睡覺任何的雞鳴狗叫，都很容易被驚醒，而且，醒後也很不容易再入睡。然而，醫院的值日室，晚上正是最不安寧的地方，幾乎夜夜有緊急叫救護車，或護理室通知工友送氧氣筒、抬病患的電話，而每一次鈴聲響起，無論睡得再熟，必定很快被吵醒。

而且，有時電話鈴聲一夜數起，司機、工友職責之所在，立即起身出勤，常常整個晚上無法入睡。而我，雖不必跟著出勤，卻每每因而睡意全消，就算能再順利入夢，司機、工友出完任務回來，又是一陣劈里啪啦作響，鐵定再次被吵醒。所以，剛剛住進值日室的時候，幾乎是夜夜失眠，其苦難言。

有必要進一步說明的是，值日室是全醫院行政人員輪流值夜的地方，每晚都與不同的人同寢室共眠，有人很會打鼾，只要一躺下，不出幾分鐘即鼾聲如雷，仿如一部拆了消音器的摩托車，在床邊發動引擎，不停地發出轟隆轟隆的聲響，即便很睏，也足以叫人睡意全消。

除此之外，也有人很會磨牙，每每夜深人靜，突然嘎嘎作響，異常尖銳刺耳，令人驚心動魄；同時，也有人很會說夢話，常常三更半夜從睡夢中歇斯底裡地又叫又笑，或嚎啕大哭，狀似惡魔附身。尤其，平日曾聽老工友訴說炮戰期間抬傷患的經過，以及醫院裡的一些靈異傳說，半夜出現類似的狀況，更是令人毛骨悚然、不寒而慄。總歸一句話，醫院的值日室，絕對不是休息睡眠的好地方，除非入睡前先在耳朵塞上棉花球，否則，保證夜夜無法安眠。

雖然，睡在醫院的值日室，有苦難言，但因家住鄉下，沒有直達公車，也買不起摩托車，「在人屋簷下，豈能不低頭」？因此，有人說過：「有辦法時，改變環境；沒有辦法時，只好順應環境」，畢竟，我只是醫院裡一個新進的約僱人員，人微言輕，只有忍耐，試著去適應環境。

或許，值日室太簡陋，不但床鋪是老舊的病床，睡起來很不舒服，且人來人往，仿若公共場所，「癮君子」就常大剌剌地吞雲吐霧，所以，輪到課長或資深的職員當值日官，他們向縣府總值日室安全報備之後，即回到院內自己的寢室歇息，反正，也沒有人敢多加過問，大家見怪而不怪，視為理所當然。

記得清明節那天，白天風和日麗，與家人忙完掃墓祭祖之後，傍晚即轉車返回醫院過夜。凌晨時分，突然狂風暴雨、雷電交加，聲勢煞是嚇人。就在天麻麻亮的當兒，「裕民」電話突然鈴聲大作，我從睡夢中驚醒，發覺值日官床位空著，年輕的工友接起電話後，連應兩聲「是！是！」之後，用手掌摀著受話筒，直嚷著要我聽電話。

我納悶著，天都還未亮，怎麼會有找我的電話，莫非有什麼急事，趕緊一骨碌從床上躍起，接過電話聽筒之後，傳來：

「是值日官嗎？是值日官嗎？」

原本，來電者聲音急促、凶悍，狀似天將要崩塌下來一般地危急，催促要值日官快聽電話，難怪年輕的工友被嚇壞了，又不敢告訴他值日官不在；而我，雖只是卑微的助理員，平時也排入輪流當值日官，儘管不是由我輪值，可是，眼看事情非同小可，萬一是來查勤的，在戰地政務體制下，值日官「擅離職守」是何等嚴重的事，依規定至少要被記大過乙次以上的懲處。

我暗忖著，遇到這種事，若不能適時「擋子彈」一肩挑起所有責任，協助解決急迫的問題，將來如何在單位裡混下去？何況，值日官是正式的職員，是單位裡的「安全官」，在黨政軍一元化領導下的戰地金門，司令官一句話就是命令，軍民奉行不渝。

據說，各單位的「安全官」，手握「生殺大權」，「密函」能直通「人二室」，誰被暗中「滴油」，個人的「黑資料」將永遠如影隨形，除了影響升遷考評，甚或被革職查辦。說得更明白一點，「安全官」實在惹不起，任誰都敬畏三分，遇到這類似的情事，無論如何都得設法先扛下，因此，我毫不考慮的決定「冒名頂替」。

「是！我是值日官！」

「報上名來！」

「李……！」

「這是緊急命令，快拿紙筆做電話記錄：第一、總統　蔣公崩殂，從今天早上起，嚴禁播放歌曲，各機關全面下半旗致哀！第二、注意單位安全，嚴防不法分子藉機動亂。馬上做成電話記錄，送院長批示，並立即通知各部門遵照辦理。」

天呀！是最高領袖、民族救星不幸逝世，金門與大陸一水之隔，大敵當前，過去曾爆發「古寧頭大戰」和「八二三炮戰」，如今國家遇到重大變故，敵人可能伺機蠢動，這確是比天塌下來還嚴重的大事，難怪通知者用那麼嚴厲的口吻，那麼地緊急，非找值日官接電話不可。

聽完電話之後，我立即將「緊急命令」明載電話紀錄簿上，摸黑跑去敲院長寢室的大門，院長起床批閱後，指示先叫醒總務課長，通知各部門遵照辦理。我看天還沒亮，各部門還沒人上班，只有病房區有護理人員值夜，於是，趕緊跑到護理室，請值班護士簽字，完成「緊急命令」傳達的任務。

歲月匆匆，從民國六十四年初踏入公僕之門，一晃近三十年了，我已從青春少年，變成華髮飛白的糟老頭，眼看著即將退休告老返鄉；然而，回首公僕生涯之中，時時謹慎奉公守法，未敢涉及違法亂紀或貪污舞弊的情事，然而，當年「冒名頂替」的往事，儘管已歷經三十個寒暑，但仍彷彿是昨天才發生的一樣，依然心有餘悸。

二〇〇四年二月七日

原來曾被當活靶

民國六十五年初，在戰地金門向軍中發行的《正氣中華報》、與向民間發行的《金門日報》，實際上是兩報一體，發行人、社長與總編輯均共用，只有其中一個版不同而已。

當時，官拜陸軍政戰上校，也是享譽國內的名政論家，及武俠小說作家的繆綸先生出任社長，為提升戰地文化水準，服務金門工商界，增加戰地青年就業機會，決定在社內籌建一貫作業的彩色印刷廠，案經向上級提報，立即獲長官批准。

話說繆綸社長，雖是執筆的文官，卻不脫革命軍人劍及履及的氣魄，接獲批准興建彩色印刷廠的命令之後，旋即指示人事管理員王世福和主計員李清瑞兩人分頭進行籌備，一面招考十位金門青年赴台接受專門技術訓練，另一方面在社內興建廠房，和分赴國內、外採購相關機器設備。

經過半年緊鑼密鼓籌劃，十位招考的金門青年，分別送到台北、台中特定印刷廠，經安排專人技術指導傳承，經過五個多月的訓練，打破當學徒三年四個月才能「出師」的窠臼，匆匆收拾行囊南下高雄，於九月廿八日搭乘海軍「太武艦」返抵金門料羅港；而向國內及西德採購的製版、印刷等機器設備，總共有廿九大箱，也隨著同航次的三艘登陸艦，在新頭碼頭搶灘上岸。

由於《正氣中華報》與《金門日報》同隸屬「金門戰地政務委員」，因此，當運補軍艦運抵大批機器，「金門防衛司令部」即調派卡車及大型吊車機具協助清運，直至傍晚時分，才將搶灘登陸的機器運抵成功崗上，突然之間，報社社區空地上，到處擺滿機器木箱。

當然啦！報社員工沒有人袖手旁觀，大家同心協力搬運機器，均為報社將跨出一大步，邁向彩色的世界而興奮不已。因此，許多員工流連在機器木箱邊不忍離去，似乎忘了早已是下班時間，該回家吃晚飯了。

豈料，太陽剛西沉，天色開始灰暗下來，對岸天際突然閃出一道強光，隨即傳來砲彈發射出口的聲音，未等大家聽個仔細，說時遲、那時快，砲彈已呼嘯臨空爆炸，發出震天巨響，頓時整個人的耳朵吱吱作響，濃烈的煙硝味撲鼻而來，沙塵飛揚噴灑在身上，讓人眼睛睜不開。很顯然地，彈頭就落在社區內，大家都被嚇呆了，直覺反應是趕快躲防空洞，只是雙腿發軟，想跑卻跑不動。

按照經驗法則，對岸「單打雙不打」的宣傳彈，逢單號的傍晚開始，或雙號深夜十二時過後，由圍頭、蓮河、廈門等地向金門島輪番砲擊，每一個目標通常發射四至六發，再轉向下一個目標。而且，每射擊一發砲彈，大約要相隔三、五分鐘。換言之，只要不被突來的第一發炮彈擊中，順利躲進防空洞避難，待砲聲轉向，當天晚上即可高枕無憂，一覺平安睡到天亮。

自古以來，兩軍對峙、兵戎相見，除了靠將士用命勇敢殺敵，更重要的是，戰前的情報蒐集和敵情觀測，一如孫子兵法的「知已知彼，百戰百勝」。而金門島三面為大陸所包圍，對岸群山聳立，共軍居高臨下，國軍運補軍艦在金門靠岸搶灘，無需使用望遠鏡，用肉眼即可一目了然。

尤其，能出動大型機具和車隊搬運一整天，勢必非比尋常，何況，對岸早該知道，金門島上的成功崗上是「文宣重地」，心戰的力量，可以激勵士氣，振奮千軍萬馬，也可以瓦解敵人軍心，西洋人所謂的「一枝筆，勝過三千把來福槍！」報社引進大量新機器設備，目的不言可喻。

事實上，金門「正氣中華日報社」引進彩色印刷機器設備，除了準備印製金門酒廠商標與包裝盒，更重要的是，要印製空飄傳單，本人即曾奉派到「國防部印製廠」觀摩心戰傳單製版分色情形。因為，「金門光華廠心戰基地」經常利用黑夜施放空飄氣球，攜帶大量復興基地台灣繁榮的景象、以及號召共軍起義來歸的宣傳單。由於空飄氣球能躲過雷達偵搜，最遠可飄到新疆、內蒙古一帶，定時定點從高空灑下傳單，更因反共宣傳單散開的範圍至為廣大，所產生的效應，讓共軍心驚膽顫，因而常出動米格機攔截。

正因心戰空飄氣球效果宏大，國軍充分利用夏季吹西南風之有利風勢，每每利用夜色掩護，大量施放空飄氣球，甚至，冬季移師韓國濟州島，利用東北季風施放各型氣球，讓自由、民主的傳單深入神州大陸。正因考量兩岸一旦戰事爆發，金門港口、機場必定遭封鎖，台灣印製的心戰傳單將無法運補搶灘上岸，為戰備需求，島上需有自行印製的能力，所以，金門籌建彩色印刷廠，印製宣傳單亦是主要目的之一。

當然，金門在報社內籌建彩色印刷廠，其目的對岸共軍想必早已心知肚明，難怪印刷機器運抵金門的傍晚，對岸立即發射砲彈轟擊，不知是在「慶賀」？抑或是「警告」？而且，讓人訝異的是，共軍炮手瞄準功夫確實不凡，第一發砲彈劃過天際飛越金廈海峽，彈頭不偏不倚地落在報社內機器木箱旁邊，距離遠從西德進口的「海德堡」精密印刷機，實際不到十公尺，直接鑽進「西康三號」總機旁，幸好，現場人員只是一場虛驚。

緊接著，第二發砲彈打來時，大家已躲進防空洞，正中報社下方「官兵休假中心」的房舍，也就是旅星華僑陳景蘭回饋鄉里興辦學校的「景蘭山莊」大樓，造成大樓之東南角被削去一角。此外，其他的兩發砲彈大概落在草叢裡，沒有造成任何損害，也沒有人去多加注意了。

往後的日子，對岸已把報社列為重點射擊目標，幾乎是每逢單號必打。記得有一天傍晚，我從餐廳吃過晚餐回到寢室，正想洗完澡後，到「官兵休假中心」看勞軍電影，正當全身赤裸抹滿肥皂泡沫的當兒，對岸宣傳彈又臨空爆炸，身上的肥皂泡沫來不及沖水，趕緊套起衣褲直奔樓下，鑽進排檢房地下掩體，繼續承受砲彈的轟擊。

值得慶幸的是，當晚第一發砲彈剛好越過「彩印大樓」屋頂水塔，落在後面的荒地，第二發卻直接命中社長室，鋼筋水泥的屋頂被炸出一個大洞，辦公桌嚴重毀損，幸好正在趕寫社論的社長李彥博，聽到第一聲砲擊及時躲避，否則，恐怕難逃一劫。

二〇〇三年五月，美、英聯軍出兵攻打伊拉克，攻擊號角響起之初，戰機鎖定巴格達新聞部和國營電視台，日夜連番轟炸，讓我驚覺當年報社處在重點砲擊區，不管單號傍晚或雙號凌晨，社區常常落彈，白天在裡面工作，晚上睡在宿舍，原來曾被當成活靶打，只是，當時不懂得害怕，如今「看別人、想自己」，真的被嚇出一身冷汗。

二〇〇三年五月十三日

回首戰地照相業

民國六十八年前後，國內十大建設相繼完成，帶動台灣經濟起飛，軍公教人員獲大幅加薪；然而，當時兩岸除了軍事對峙劍拔弩張，在外交戰場亦是短兵相接，台海風雲詭譎多變，金門駐守十萬大軍枕戈待旦，防止共軍進犯。

由於台灣經濟起飛，躋身「亞洲四小龍」，國民所得大幅提高，「台灣錢淹腳目」蜚聲國際。也因此，許多抽中「金馬獎」的役男到金門前線服役，親朋好友都捨得大把金錢饋贈壯行，或三不五時郵匯供不時之需，而那些新台幣幾乎都花在金門，直接受惠的就是在島上開店的生意人家，各行各業因而大發利市，不但造成市街一屋難求，且店租連番三級跳，土地、房價水漲船高，諸如有「金門西門町」之稱的新市街，一間三樓店面讓售喊價一千多萬元，且有行無市，即使手頭握有現金，也不一定能買到店面，生意熱絡情景，可以管窺一斑。

民國六十九年秋，與內人好不容易物色到一間店面，明知房租貴得離譜，但為了搶商機，也在所不惜地硬著頭皮承租下來，並立即僱請木匠裝潢布置，準備開照相館。

因為，照相業剛剛由黑白跨入彩色，雙眼重影對焦的照相機漸漸被淘汰，取而代之的是單眼相機和全自動對焦的傻瓜相機大為風行，只要把握幾個操作要領，裝一捲三十六張的底片，三歲小孩都能輕鬆拍出清晰、亮麗的照片。而且，四吋彩色相片價格愈來愈低廉，一時風起雲湧，無分男女老少，人人都想拍幾張彩色相片留念。

當時，金門駐有金東、金西、南雄和烈嶼等陸軍野戰重裝師，以及在小徑的金中輕裝師部隊，並搭配有軍炮兵、戰車群、保修、通信、聯勤及空軍、海軍等直屬單位，島上少說駐防十萬人以上的阿兵哥。而一個兵員每天的主、副食，以及日用品、休閒娛樂、洗改衣服等消費，每個月以億計的新台幣，在金門市場消費流通，帶動島上經濟繁榮發展。

尤其，陸軍野戰部隊經常輪調移防，通常是師與師之間，每兩年台灣和離島輪調駐防；而部隊之移防，是以營為單位互調，由每週一航次的海軍運輸艦隊承載。因戍守金東、金西和烈嶼的第一線海防部隊，駐地普遍是獨立的班、排據點，準備移防回台灣，需先調到第二線的南雄坑道營區整備待命；同時，剛開拔到金門的部隊，官兵絕大多數是第一次上前線，得先在第二線駐紮適應戰地環境，再陸續移防海防第一線。

是以，南雄營區成為移防的跳板，部隊像海水一般地潮來潮往，每一次的調動，回台部隊登船之前，番號、與防區特有的三角臂章拆除，改配掛「識別證」。同樣地，從台灣調來金門的新部隊，不配掛識別證，改繡三角臂章識別，再隨身攜帶防區特有的「外出證」。因此，無論是返台的部隊製作「識別證」，抑或新到的官兵製作「外出證」，均需繳交最近三個月半身人頭照片，所以，營區附近的照相館生意，焉有不「生意興隆、大發利市」之理？

一般而言，早期台灣、和金門之間交通不便，部隊開拔移防到金門，或新兵抽中「金馬獎」，從新兵訓練中心撥補來金門，普遍要兩年役期完畢退伍或移防返台，才能回到故鄉與親人見面。尤其，當年為防範戰情洩密，台、金直撥電話尚未開放，每個孩子都是父母心頭上的一塊肉、爺爺奶奶的心肝寶貝，誰捨得讓他上前線打仗？畢竟，孩子上前線，在敵人的炮火下生死未卜，只能靠寫信回家報平安，因此，信中若能附上一張照片，最能讓後方的親人安心。

因此，戍守前線離島的阿兵哥，每逢放假日，總是三五成群相偕到街上租借照相機，再到風景點拍照留影。所以，有人說：「到金門當兵，倘若退伍前沒到過莒光樓，或太武山毋忘在莒留影，那麼，這一趟金門之旅就等於白來了！」因為，義務役充員兵「長江後浪推前浪」，一個梯次老兵退伍，另一梯新兵補上，真像潮水一波接一波。新兵到金門時，要趕快拍照回家報平安；老兵退伍前，要在戰地留影，難怪每一家照相館都門庭若市。

當然，從前照相是一門專門職業技術，一般人想學照相，必先當三年四個月的學徒，從最基本的打掃做起，等到老闆認為「孺子可教」，才准予進入沖洗照片的暗房重地，因為，「工夫一點訣，講破不值錢」！當時黑白相片，都是拍攝後自行沖洗。雖然，沖洗相片過程很簡單，只有顯影、急制和定影三個步驟；但在那個資訊不發達的年代，卻是「獨門絕學」，只要學會入門，保證不怕沒飯吃。也就是說，若非是自己的親人，沒有人願把照相技術傳授他人，否則，多製造一個對手搶飯碗，等於是搬石頭砸自己的腳。

事實上，早年的金門照相業，幾乎是系出同門，父以教子、兄以教弟，再擴散到各鄉鎮市街開分店，形成家族企業。所以，師徒之間行規根深蒂固、牢不可破。舉個例子來說吧，拍攝一般照片，依行規是三天取件；若是當天交件的「快照」，則要加倍收費，沒有討價還價的空間。

記得準備經營照相生意之初，因未曾在金門當過學徒，同業前輩聽聞我們家要開照相館，皆嗤之以鼻，嘲諷沒有當過學徒，怎麼開照相館？甚至，有同業表示三個月之內，等著看我們關門倒閉的笑話，難怪開業之初，地區有兩家彩色相片沖印公司，雖然彼此競爭劇烈，但皆不敢到店裡收件，也許，他們是不願為一家很快會倒閉的小店，去得罪原有的老客戶哩！

其實，他們不知道我曾在台北接受彩色製版照相與沖片專業訓練，那是最先進的暗房沖片技術，顯影過程藥水與溫度管控甚嚴，所沖出的底片影像濃度與階調指數，還需用儀器測量計算，各項條件要求嚴苛。換句話說，一般照相館簡易的人像沖印，只是彫蟲小技而已。

認真說，戰地照相館的生意，主要業務是拍攝阿兵哥的黑白人頭證件照、室內彩色藝術人像及出租照相機。先說黑白人頭照，由於客源十之八九是駐軍，部隊是「一個口令、一個動作」，規定什麼時候繳交照片，命令下達之後，無論是利用休假外出自行拍照，或由值星班長帶隊集體外出拍照，都得在限期內繳交，否則，可能挨長官責罵或遭處罰。

然而，到相館拍「普通照」，依行規是三天交件，等於下週放假才能取件，可能已超過繳交期限，因而很多士兵被迫多花加倍的金錢，選擇拍「快照」，當天取件回部隊交差了事。

所謂「戲法人人變，巧妙有所不同」！記得相館開張之刻，手頭沒有充裕的資金，一切因陋就簡，且有人準備三個月內看我們關門倒閉，所以，經營起來特別小心謹慎，看準阿兵哥常需黑白人頭照，不但數量大，且本輕利多。於是，特別用心下工夫，無論燈光投射、毛片沖洗、臉部修整，以及照片沖印剪裁，每個細節都不敢馬虎，自覺只要「黑白照片」提供優質的服務，讓客戶有信心，自然而然會帶動「彩色藝術人像」業務，產生相乘的實質效果。

而且，古往今來，營利之道，在於滿足客戶的需求。所以，我們家經營策略，沒有所謂的「快件加價」，採取「拍後即沖」的方式，儘量讓阿兵哥拍照後，當日收假前能取件。因為，同一單位的阿兵哥放假外出拍照，到其他地方拍攝者，三天之後才能取件，而到我們家拍照，當天即能取件又不加價，且人數多自動享打折優待。

因此，許多連隊的文書或行政，在宣布官兵繳交照片之時，總不忘建議到我們家拍照。也因此，在「好康逗相報」的情況下，我們家相館開業三個月後，非但沒有關門大吉，反而是業務蒸蒸日上，天天生意門庭若市，讓同業都看傻了眼。

其次，戰地為防洩密，照相機列為管制品，一般人不能擁有。但島上無分軍、民，常常需要拍照，只得向照相館租用，因此，每家相館的招牌，都寫上「相機出租」的大字，成為主要的業務。

當然，照相館美其名是「出租相機」，然在同業惡性競爭下，實際上普遍均免費出借，因為，租借的客戶必需買膠捲，照完底片後得送回店裡沖洗，可賺取沖洗公司給予同業的價差，利潤不薄。

因此，儘管戰地照相機屬於管制品，依安檢單位規定，每家照相館只核准十台相機「使用牌照」，假如持有「無牌」的照相機，被查獲將依法沒收；曾經，安管單位多次動員軍警，無預警聯合封鎖照相館，除了營業場所全面搜索，連樓上睡覺的房間，也翻箱倒櫃搜查，不放過任何一個可私藏「無牌」照相機的地方。

但是，所謂「賠錢生意沒人做，殺頭生意有人冒險」！一般照相館為了做生意，都暗中委託船員走私挾帶進口「無牌」的照相機，每家出租照相機少則備有三、五十台，多則一、兩百台，平時收藏在廚房的米缸裡或偽裝的垃圾桶底層，較能逃過抄家搜查。否則，部隊放假滿街都是阿兵哥，能應付幾人租借？

或許，當時島上戍守十萬大軍，防區部隊採輪流休假，且分上、下午梯次，每星期之中，除了星期四為「莒光日」收看教學節目之外，其餘每天均有阿兵哥放假，街道上憲兵來回巡邏維護軍紀。所以，阿兵哥放假離營，先檢查服裝儀容，每梯次四個小時的假，扣除來回路程，真正休假時間非常有限，所以，相同的背景站著照一張，蹲著也來一張；兩人合照一張，多人合照再來一張。總歸一句話，阿兵哥能照出清晰的照片，寄回家報平安即心滿意足，哪有時間考慮背景之良窳了。

如今，兩岸關係逐漸和緩，島上駐軍大量裁撤，台、金之間電話可直撥，空中交通便捷，數位照相興起，電腦普及，人人能自印相片，家家都成了照相館，因此，島上諸多照相館紛紛關門歇業，隨著軍管結束而走進歷史。

二〇〇四年四月廿一日

竊賊橫行的年代

民國八十一年初，也就是金門終止戰地政務的前夕，金門島上竊案頻傳，「竊風」從以討海為生的古崗村吹起，短短的三個月之內，先後遭竊賊光顧十數次，損失財物逾新台幣八十餘萬元。

特別值得注意的是，竊賊下手無分晝夜，令人防不勝防，甚至，連大白天村民齊聚村公所召開村民大會，仍有兩戶人家遭竊賊光顧；而且，隔日傍晚，有一老婦人在廚房燒飯，穿草綠服的竊賊竟公然入侵房間翻箱倒櫃，被婦人發現大喊捉賊才奪門而逃，竊案新聞連續多日見諸報端，令人聞賊色變。

除此之外，在金門有「西門町」之稱的新市街，亦是竊案頻傳，有好幾家商店被偷走現金和電話卡，財物損失不貲，苦無任何破案線索，商家求償無門，因此，地方上對竊賊囂張行徑，無不恨得牙癢癢，但竊賊來無影、去無蹤，也只能自認倒楣。

繼古崗村與新市街竊案頻傳之後，「竊風」再吹進金湖鎮下莊市街。十月初某天，靠南雄師駐軍做生意的商街，入夜之後和往常一樣地沉靜，凌晨一點五十分許，光武與中興街口的一家冷、熱餐飲店，突然傳出刺耳的捉賊呼喊聲，左鄰右舍聞訊，紛紛持木棍與鐵條圍捕，可惜偷兒早一步逃逸無蹤。

原來，竊賊攜帶乙醚和尖刀，從右側窗口潛入二樓，見屋主唸高職的兒子熟睡，準備用沾滿乙醚的手套摀住其鼻，恰巧高職生突然驚醒，竊賊見狀猛力壓住其口鼻，幸虧身材碩壯的高職學生奮力掙脫，雖因而鼻孔鮮血直流，仍奮不顧身大喊救命，竊賊見事跡敗露，立即奪門逃命，現場留下一串軍中內務櫃鑰匙，和滿屋濃得化不開的乙醚味。金湖警察所據報線上警網立即趕至現場，可惜費盡一番工夫，採不到可疑犯罪事證或指紋。

冷、熱餐飲店竊案發生半個月之後，某日凌晨時分，對街的一間雜貨店，亦遭竊賊從屋後破壞冷氣機窗口潛入，洗劫櫃檯內的電話卡及錢幣，再打開通往二樓的門鎖，發現屋主一家多人熟睡，不敢輕易下手，旋又登上三樓，發現有一女子獨睡，歹徒為防她呼叫，用左手摀住其口，再用膠布準備蒙眼和綑綁雙手之際，冷不防被女子咬住手掌虎口不放，歹徒疼痛難耐，用右手猛捶女子背部，發出異常的打鬥聲響，女子被迫鬆口，但旋即發出尖叫求救，其姊夫在二樓聞聲起身上樓查看，歹徒已早一步逃跑。金湖警察所再度據報前往處理，採集歹徒被咬傷遺留的血跡當證物，惜仍未能採得竊賊遺留的蛛絲馬跡。

據了解，竊賊操台語口音，著白色衛生衣和黑色運動褲。因為，金門地方小，自古民風純樸，島上的居民若非親戚，也是舊識，就算落魄到三餐不繼，也不會淪為盜賊。因此，長久以來，金門島上的治安臻至「夜不閉戶」的境界，為中外人士所稱頌。

然而，近二十餘年來從未曾發生竊案的下莊市街，竟在半個月內連續發生兩起重大竊案，歹徒還攜帶尖刀、乙醚，並綑綁女子，成為地方上駭人聽聞的大新聞。雖然，宵小未能被人贓俱獲，但從種種跡象顯示，直指附近駐軍所為。只是，軍方為維護官兵形象，改採「不合作」的態度，雖曾集合全師官兵檢查手掌，希望抓出敗類，但結果如何，外人不得而知。

在短短幾個月之間，金門發生十數起大竊案，雖苦無有力證據破案，然綜合歹徒遺留的蛛絲馬跡，以及地緣關係，已描繪出竊賊的輪廓，目標就鎖定駐在下莊「恩主公」廟旁的化學兵連。

因為，從未發生竊案的古崗村，短短三個月內發生十幾次竊案，而當時，該化學兵連正在珠山「下基地」，部隊完成三個月受訓回下莊，竊案即連續在下莊發生，且兩家遭竊的商店，都與該連官兵有洗衣等生意往來。換言之，連續竊案所留下的證物，有部隊內務櫃鑰匙和血跡，想比對、抓出兇手並不難，問題就出在軍方有「連坐法」，屬下涉案，長官將連帶接受處分，影響晉升仕途。

因此，軍方雖表明願配合偵辦，但實際上是在虛應了事，因而竊案一再發生，手法一次比一次駭人聽聞，不僅擾亂社會人心，也讓民眾對警方破案能力失去信心。

事實上，警方空有諸多證據，礙於軍方不願配合而不能破案。然而，警方並未就此罷手，仍積極佈線。十月底，下莊市街先後兩次遭竊附近的一家洗衣店，剛從保修連收回全連一個月的洗衣帳款五萬多元，其中，包含許多零錢，放在一個大皮包，藏在電視機座下的抽屜裡。當天午後，化兵連有一位陳姓士兵到店裡取回送洗衣服，拿出百元大鈔找零，店主讀國中的女兒沒有戒心，直接取出電視機下的皮包找零，結果，當晚洗衣店的後門被撬開，皮包不翼而飛，因此，竊嫌呼之欲出，只是那個士兵巧在當日凌晨登艦返台休假。

涉案嫌疑人名字出現，刑警隊調出該員口卡資料，查出陳姓士兵來自台北縣三重市，國中輟學後當車床工，擅長開鎖，是一名前科累累的慣竊，礙於警方不能在他休完假返金到碼頭攔截、也不能到軍營裡抓人，更不能打草驚蛇，因而在多家商店佈線，只要他在下莊市街現蹤，請線民撥特定報案電話，密語是「請送一桶瓦斯」。

果然，幾天之後，休假返金的陳嫌，當天下午即夥同另一位士兵回到洗衣店，其女兒裝作若無其事跟他「哈拉」，女店主假裝打電話叫「瓦斯」，金湖警察所兩個便衣刑警迅速趕至，技巧地與之閒話搭訕，把兩個士兵分別引開，一名刑警看準陳嫌兵籍名牌，確認對象無誤，冷不防抓起他的左手，但見手掌虎口有一排很明顯的牙齒傷痕，立即呼叫偵防車，將竊嫌帶回警所偵訊。

可是，同伙的另一名士兵，立即奔跑回連部報告，師部政戰上校隨後趕至警所，強行將嫌犯帶回部隊，使得為害地方十餘起重大竊案，警方原本可以漂亮宣布破案，卻因軍方阻擾而功虧一簣。

不久之後的十一月七日，金門終止「戰地政務」實驗，部隊大幅調動裁撤，轟動全金門的大竊案，也隨之成了懸案，只能徒呼負負。

時光匆匆，金門於民國八十一年十一月七日結束軍管，回歸民主憲政常態，那一段竊賊橫行的往事，雖已成過眼雲煙，但相信很多鄉親仍記憶猶新。

二〇〇四年三月一日

「白線」的故事

近年來，在金門開車的上班族，同樣一段路，走起來要比以往多花幾分鐘，而且，每個月也要多花一些汽油錢；因為，重要的交通路口都已裝置紅綠燈，開車上路「綠燈行、紅燈停」，等紅燈不能熄火，除了要花費時間，更要耗費汽油。

金門島幅員狹小，地形崎嶇多陵地，早年為因應軍事需求，闢有主幹道路，也有戰備道。因此，島上道路多、密度高，縱橫相連、往來四通八達，然因缺乏完整規劃，且路面狹窄、高低起伏又多彎。雖然，車輛不算太多，可是，開車上路務必小心慢行，否則，稍為不留神，很容易發生交通事故。

回憶過去，軍管時代的戰地金門，道路上行駛的車輛以軍車居多，為避免暴露軍事行動或行軍目標，路旁廣植木麻黃樹，形成綠色隧道作掩護。當時，在炮火下民不聊生，況且，國內一般家庭也買不起汽車，所以，島上的民間私家轎車，可謂是鳳毛麟角，做生意的商家或公教人員，省吃儉用節餘能買部機車代步，已經夠拉風了。

事實上，戰地政務體制下，金門防衛部司令官一句話就是命令，頒行很多「單行法規」。諸如：曾有機車騎士肇禍，為避免車禍發生，司令官下令機車管制進口，而且，父子或兄弟不得共用一部機車。需要機車代步的人，得找到一張淘汰的機車大牌，才能據以報廢，獲准自台灣進口一部新的機車，因需求者眾，淘汰的機車大牌喊價節節高漲，曾飆漲到一張五萬多元，比買一部新機車還昂貴。

同樣的，島上的計程車也限量管制進口，全島限量兩百輛，依然是要淘汰一部舊車，才能進口一部新車。所以，一張計程車牌照，曾飆漲到一百八十幾萬元，足足可以買好幾輛新車。由此可以管窺炮火下的戰地金門，車輛是多麼地稀少珍貴！

或許，戰地民窮財困，路上車輛稀少，加諸全島嚴格實施燈火管制，家戶燈光嚴禁外洩，汽機車頭前燈，上半部也要塗上黑漆。也因此，道路交通路口，沒有必要裝置紅綠燈號誌，普遍在交叉路口劃上一條白線，戰地司令官下令無分軍民，人人遵行「白線前停車再開」，違者依法處罰九百元。

值得說明的是，九百元的罰款，是一般委任公務員月薪的三分之一，足以在單位伙團搭兩個半月的全伙；除此之外，不得累犯，凡被記錄違規兩次以上，依法吊銷駕照，不得再騎車上路，目的是為地區整體行車安全，所採取的權宜措施。

白線未停車，警察打人

那一年，我在金門縣政府附屬單位當約僱助理員，月薪兩千三百二十元，扣除伙食費三百元，以及理頭髮和紅、白帖子等雜支，平日儉腸勒肚、省吃節用，好不容易存款簿出現五位數字，心裡渴望著如果能有一部機車，可以不必住在單位的宿舍，下班能天天回家，晨昏幫忙田間農事，增加額外收入。但是，全部的結餘存款，連半張機車牌照都買不起，更別說買機車了。

由於軍管體制下特有的「機車管制進口」單行法規，無法滿足民眾需求，但是，當官的普遍死愛面子，沒人願「朝令夕改」自打嘴巴，畢竟，下令管制的司令官高升走人，接任的是學弟，也是直屬部下，長官的命令豈能違抗，只能「蕭規曹隨」，後來，才逐步檢討放寬「管制」政策，先是舉辦三次公開抽籤，再進而准予五十西西以下排氣量的機車進口。

因此，有機車商引進一款四十九西西的「蘭蒂」輕型機車，每部新車含辦牌照交車兩萬元有找，頓時島上風起雲湧，大家爭相搶購，路上到處可見「蘭蒂」的芳蹤，所謂「輸人毋輸陣，輸陣歹看面」，我也跟著流行的腳步走，馬上從郵局領出存款現金，到車店排隊訂貨，經過一個多月的苦苦等候，很幸運地，在農曆新年前，「蘭蒂」機車終於來了，騎車上路上、下班真方便，享受追逐風的快感，舒服極了。

有一天，單位裡臨時有事，傍晚耽擱了一個多鐘頭才下班回家；隆冬時節，晝短夜長，夜似乎來得特別早，太陽一下山，黑幕立即籠罩下來，我戴好安全帽，發動引擎，打開車燈，小心翼翼地騎車上路。

頂著寒風，我握緊油門，讓車燈劃破黝黑的路面前進，車到「八二三炮戰勝利紀念碑」圓環白線前，但見四野一片漆黑，只有風在木麻黃樹梢咻咻作響，憑添無限蕭瑟與恐怖。我把油門轉回到底，速度減到最慢，讓車輪滑行到白線前，左腳踩地之後，旋即加足油門起步繼續前進。因鵲山四周是廣袤無邊的木麻黃樹林，「前不巴村，後不著店」，荒郊野外杳無人煙；而且，四方又無來車，何必停車多逗留喝西北風呢？

然而，正當我加油起步的當兒，路旁樹叢裡突然響起刺耳的哨音，說時遲、那時快，一道手電筒強光打在我的臉上，眼睛幾乎睜不開，待驚魂甫定，才看清楚是一個警察，喝令我立即把車子熄火、關掉車燈，大步走到身邊時，伸手在我面前：

「把駕照和行照給我。」

說真的，生平第一次夜間被警察攔檢，我被嚇呆了，頓時手足無措，待我從口袋取出皮夾，找到證照，警察即大聲朗讀我的名字和車牌號碼後，並立即關掉手電筒。緊接著，「八二三紀念碑」後面隨即傳出吆喝聲：

「趕快來簽名！」

我把車子在路旁停好，摸黑慢慢走到紀念碑後面，另一個警察用小手電筒指著一本紅單上的空欄，喝令我快簽名；我接過紅單，希望看看上面寫些什麼，正因遠遠地又有車燈逐漸靠近，又是一條「大魚」即將入網，員警為了趕快關掉手電筒，才不會被來車發現有警察埋伏執行交通稽查。此時，喝令我快簽名的警察，聽到我要求先看看紅單寫什麼，不由得火冒三丈，竟大聲咆哮起來：

「看什麼？反正就是白線未停車，還囉嗦什麼？」

「好歹也要讓我看清楚，否則，萬一上面寫著要槍斃，豈不是死得太冤枉了嗎？」

「汝娘ㄟ！猴死囝仔，汝是不是甲天借膽，敢對我講這款話！」

或許，姓呂的員警，看我沒有立即簽名，還敢頂嘴，真的氣炸了，怒目齜牙瞪著我咆哮，口水噴滿我的臉龐，發出一陣陣的酒臭。還未等我掏出手帕拭淨，員警愈罵愈起勁，並順手用力把我推倒在地，正欲補踹一腳的當兒，被躲在路旁樹叢吹哨的兩個警察給架住，迅速推進一部白色的救護休旅車，朝金沙的方向揚長而去。

我掉頭迴車回到單位裡，撥「裕民」電話向警局值日官報案申訴，隔天，一位黃姓的督察前來了解，只淡淡地問了幾句，說會進行調查，可是，在軍政一元化領導、「官官相護」的年代，那樣的投訴，仿如一塊石頭丟進大海，結果杳無音訊，一點都不令人感到意外。

後記：十幾二十年之後，我轉職報社當編輯主任，主編「言論廣場」版，曾拆閱一封投書，內容是一位曾在金門幹過警員的旅台男子，自稱返回金門時深夜駕車遇交警臨檢，被帶回警所扣上手銬，自認被執勤員警凌辱，心有未甘撰文向報社投訴；而署名的投書者，正是當年那位酒後執行「白線未停車」攔檢勤務，喝令我趕快簽名，出手把我推倒在地，被同僚押進救護車逃之夭夭的員警。

依照「投書處理原則」，我向警所查證，原係酒後駕車，被交警臨檢酒測超過標準甚多，依法要開單處罰，竟不服取締，涉嫌妨礙公務，交警並無執法不當，雖是該警所的老前輩，但交警也愛莫能助，只能依法「公事公辦」。因此，對於不實的指控投書，最後的命運是——丟進垃圾桶。

白線未停車罰款　等不到收據

兩年後，又是一個寒冬的夜晚，在島上夜間十點實施宵禁前，我騎著「蘭蒂」機車，路過金沙鎮公所前的丁字路口，再次被埋伏在行道樹裡的警察，以「白線未停車」吹哨攔下開罰單。

其實，那是天大的冤枉，絕對是認定上的問題，如果套用形容詞，那叫「啞巴吃黃連，有口難辯」。

本來，我的身材並不矮，算是「堂堂五尺以上的男子漢」，理應騎野狼重型機車，才能顯出男性的豪邁。然而，因重型機車管制進口，要報廢一部舊車，才能進口一部新車，一張牌照喊價五萬多元，連同新車要超過十萬元，對一個月薪兩千三百多元的約聘僱人員來說，那是天文數字，礙於現實，只能買輕型的機車。

但是，一個大男生騎著「袖珍」型的機車，身體要扭曲，腳不能伸直。換言之，規定白線前停車，必須左腳著地察看沒有來車，才能再起步通行，而我確實是減速停車，也依規定左腳著地，再起步前行，可是，在伸手不見五指的暗夜裡，警察躲在樹叢裡，沒有拍照做依據，僅憑他們自由心證認定，何況，暗夜騎士孤獨一人，警察是兩、三人一組，假如他們硬要「趕淡水魚落鹹水網」，能辯得過他們嗎？搞不好「妨礙公務」的大帽子一扣，那才叫「百口莫辯」。

事實上，那天晚上，我確實是遵守「白線前停車再開」的規定，只是寒風怒吼，四野無人，並沒有停車很久，就像打籃球，許多犯規動作，悉由裁判哨音認定，因此，當警察的哨音響起，暗忖大勢不妙，但心裡卻很不服氣，當警察要我在紅單上簽名時，心裡很不爽地問：

「我有停車呀！怎麼寫白線未停車？」

「但你沒停穩，沒有停穩，就是視同未停車。」

這時，一位年長的警察走近，我認得他是所長，又補上一句：

「攏是為你們好啦，要不然天氣這麼冷，我們也不願在這裡吹西北風，下次記得停穩一點，簽個名，到所裡去辦個手續。」

我真的搞不懂，騎車違規被開罰單，是持紅單到監理所繳納罰款，為何三更半夜，還要進鎮公所旁的警察所辦手續，禁不住員警的催促，我進了警察所，承辦人說：

「本來，白線未停車是罰九百元，還要登記一次違規，累積滿兩次違規，就要吊銷駕照。如果現在繳罰款，只繳六百元，而且，可免登記一次違規。」

「但是，我身上沒有六百元現金。」

「這樣好啦！特准你明天來補繳。」

我心裡明白，「兩害相權取其輕」，既然紅單上已簽名，除非動用特殊關係，否則，無法抽單，屆時不但要多繳三百元，還要被登記一次違規，何苦來哉？

隔天，我依約前往警察所，繳交六百元罰款，承辦人費了一番工夫，從一大疊被吊扣的駕照裡面，好不容易才找出我的駕照，在「一手交錢，一手還照」銀貨兩訖之後。承辦人告訴我：

「因開收據的人，今天正巧休假不在，所以，收據改天會補送到你家裡。」

然而，迄今快三十年了，我還等不到那一張收據，而且，很多同事和朋友，皆與我一樣，也曾遇到類似的情形。

白線停車，救了我一命

有一天晚上，我很晚才下班，騎車從新市復興路欲右轉往黃海路，適時在白線前停車，左右察看有無來車，正準備起步前行的時候，發覺從迎賓館的方向，有車燈急速狂飆而下，正準備瞧個仔細的當兒，說時遲、那時快，只一眨眼的工夫，一部小貨車像一陣風似的從眼前飛過，車斗上還站著幾個年輕人在唱歌，想必是剛喝完喜宴，酒精在司機的體內澎湃作怪的結果。

我確實被嚇了一大跳，當時，如果地上沒有劃那一條「白線」，而我也沒有依規定停車察看再開，勢必被撞個正著，後果真不敢想像。因此，我寫了一篇六、七百字的短文投到「正氣副刊」，很快獲得刊登，標題為「白線救了我一命」，還被警局剪下，引為村里民大會宣導資料，說明白線停車很麻煩，但在沒有「紅綠燈」的情況下，卻是維護交通安全的保命符。

二〇〇四年一月一日

兩個恩人

人的一生，總有一些刻骨銘心，永誌弗忘的往事，以及值得感恩的人。

之一：借我童軍帽的學長

國二那一年，學校舉行遠足活動，健走的目標是登金門最高峰——太武山，那是絕大多數同學引頸企盼的大事。

遠足的前一天，朝會時校長在升旗台特別規定：「隊伍出發前，嚴格檢查服裝和儀容，不合格者留在學校自習。」因此，放學回家後，我把白上衣制服換下洗淨，戴在大光頭上的童軍船形帽，也用肥皂水加以浸泡洗刷，希望以最整齊、清潔的服裝和儀容，參加遠足登太武山。

或許，是要遠足樂昏了頭，高興得幾乎整個晚上睡不著覺，隔天大清早，穿起白上衣、藍短褲制服，帶著水壺和一包乾糧，騎著老爺腳踏車，匆匆離開家門，到了學校才發現忘了帶童軍帽，還吊在庭院的曬衣架上，若再騎腳踏車回去拿，往返差不多要一個小時，必定趕不上升旗典禮和遠足出發隊伍。

我知道沒戴童軍帽，依規定是服裝不整，不但不能參加遠足，還會被叫到升旗台前亮相，遭到一番斥責。但無論如何，還得先去參加升旗典禮；於是，我低著頭和同學走到操場，升完旗後，校長宣布開始檢查服裝、儀容。

果然，因我沒有戴帽子，一個大光頭在太陽下閃閃發光，目標至為明顯，所以，第一個被叫出隊伍行列，校長一陣怒斥責罵之後，遠足的隊伍終於出發了，大家高高興興依序走出校門，只有我留在原地低頭暗自飲泣，眼睜睜地看著同學去遠足，心裡真是難過極了。

正當懊惱之際，突然間，從三年級正準備出發的隊伍裡，跑出一位學長，直接衝到我面前，拉起我的手，塞給我一頂舊帽子，然後拍拍我的肩膀：

「快去向校長報告，請求准予參加遠足。」

我拿著童軍帽，捏手捏腳走到校長面前，但見校長點頭示意，我立即拔腿快跑，飛也似地追上行軍的隊伍。

隔天，我把童軍帽奉還學長，當面致謝，感謝適時伸出援手，讓我順利參加一次登山遠足。雖然，只是暫借一頂舊帽子，但彷如即將沉入大海之時，有人適時丟給我一個救生圈，事隔三十幾年，儘管未曾再與那位學長謀面，不知他在何方，可是，我依然時刻記得那一份值得感恩的情誼。

之二：拾物不昧的公車票亭老伯

民國七十六年，遠東航空公司首先開闢台北至金門的航線，由於飛航班次少，機位一票難求，機場候補旅客經常大排長龍；若逢天候不良取消航班，補位更是難上加難，機場櫃檯前每天擠得水洩不通，有急事苦等不到機位的乘客爭吵、打架情事層出不窮。

尤其，台北機場航廈外，每晚打地鋪排隊補位的鄉親不計其數，目的就是為了買張機票回金門，有時排隊三、五天回不了家，那是家常便飯，一點也不值得大驚小怪。

當時，金門還處在「戰地政務實驗」軍管時期，台、金之間的交通，除了大約每週一班往返軍艦運補船，儘管民眾搭乘免費，可是，需經海上二、三十個小時的顛簸暈船，常常連胃中的膽汁都嘔盡，很多人坐過一次船，終身害怕難忘。

當然，台、金之間也有軍機往來，但唯有高官或有頭有臉的人，才可能排到機位，一般人無緣嘗試，而且，直撥電話沒有開放，快捷郵件也尚未開辦，民眾遇有緊急事情要聯絡，僅靠電報和限時專送信函傳遞。然而，有很多事情，用書信不一定能講清楚、說明白，特別是無法聲息相通，親人不能時常噓寒問暖。何況，買辦採購物品，非得現場看清楚、瞧仔細，難怪遠航開闢台、金航線，民眾趨之若鶩，想買一張機買，常常要擠破頭。

有一次，為了業務需要，並順道到「台北世貿中心」看展覽，我將加印「限金門通用」的錢，兌換成「新台幣」，也透過朋友幫忙買到來回機票，順利飛到台北。

當我把該辦的事處理完畢，依照所訂回程機票時間，從「世貿中心」搭計程車趕去松山機場，到了遠航報到櫃台，才發現皮夾不見了，天呀！裡面有身分證、機票和現金，掉了這些東西，怎麼回金門？

當時，沒有行動電話，出外人「獨在異鄉為異客」，最好的聯絡工具是電話卡，我立即找到一具公用電話機，撥給剛剛去過的幾個廠商，找了半天，都沒有發現皮夾的下落，正在懊惱絕望之際，撥了一通電話向堂哥求援，堂嫂接到電話告知半小時前，有一個派出所員警打電話查詢，表示有民眾撿到我的皮夾失物，正急著聯絡通知我去派出所認領。

原來，在世貿展覽場「出口」擁擠的地方，皮夾給「三隻手」扒了，竊賊拿走現金之後，剩下的機票和身分證，看到是當天的機票，故意丟在一個公車票亭前，賣車票的老阿伯撿去派出所報案，幸好，皮夾裡還有一紙記事卡，警察依上面的電話號碼協尋，順利聯絡到堂嫂。

我立即攔了一部計程車直抵派出所，完成失物認領手續，也專程跑去公車票亭，向拾獲皮夾的老阿伯鞠躬道謝。由於時值霧季，金門機場常白霧茫茫關場，且皮夾被扒，身上盤纏所剩不多，巴望著能儘快回家，當晚，我在機場外排隊候補，第二天終於順利搭上回金門的班機。

隔年，我再次搭上飛往台北的遠航班機，特別帶了兩瓶金門高粱酒，希望以特產向「拾物不昧」的公車亭老伯致謝，可惜，公車亭已拆除，獨自走在霓虹閃爍的台北街頭，茫茫人海找不到恩人，內心一種落寞的感覺不斷在滋長。

二〇〇三年九月三日

嘴唇上的斷痕

我的下嘴唇正中央，有一條由裡至外的斷痕，痕長大約三公分許，由裡往外，各有一公分半。

儘管，斷痕大大方方地烙在人們最無法藏醜的臉龐，所幸斷痕還很細，除非是張口講話，站在對面的人盯著我顫動的嘴唇，否則，仍是不容易看到的。

提起嘴唇上的這一條斷痕，已是遠在四十年前的事了，雖說歲月無情，四十個寒暑神不知鬼不覺地溜逝了，我已從淌著鼻涕的小毛頭，邁過不惑之齡。可是，四十年前那晚的一情一景，卻仍彷彿昨天才發生過似地，在腦海深處，永遠是那麼地清晰、明亮。

金門，以前是一個黃沙滾滾的海中孤島，缺乏天然資源，居民謀生不易，成年壯丁大都相偕「落番」，遠赴南洋群島討生活，留在島上的老弱婦孺，靠種些蕃薯和花生過日子，若沒有僑匯挹注，生活普遍清苦。

我們家也不例外，先祖來自對岸泉州府東門外東坑鄉的望族，書香門第，叔侄皆進士。滿清入主中原迫害漢人，因而渡海避居金門，一面墾地耕種，一面插石養蚵，代代衣缽相傳，每天或荷鋤牽牛上山種蕃薯，或挑籃下海採蚵，過著與世無爭的太平生活。

然而，民國三十八年大陸河山風雲變色，同年十月廿五日深夜，對岸兩萬八千餘共軍，分乘幾千艘漁船，藉著夜幕掩護強行登陸金門島，目標瞄準島上地形最窄的中蘭、瓊林地帶，試圖將金門切割成兩半，再分兵兩路南、北進擊，一路北攻太武山，控制東半島；另一路南下縣城，一舉「解放」金門。

據說，共軍進攻金門的當天傍晚，部隊集結出征前，每個士兵口袋分配兩把花生米，指揮官遙望隔海對岸的金門太武山，高聲向士兵宣布：

「明天清晨，我們在太武山上集合吃早餐。」

豈料，當夜東北季風轉強，走在前面的領航船順風而下，逐漸偏離目標航道，押船的共軍幹部見狀氣急敗壞，揚起鞭子抽打船老大，不知是打傷或打死，領航船被強風吹向南邊的古寧頭和安岐一帶，後面的兵船跟著隨波逐流。

正巧，戍守古寧頭的部隊，是八年對日抗戰自動請纓「一寸山河一寸血、十萬青年十萬軍」的青年軍部隊，裝備和戰力最強。因此，共軍強行登陸時，在海灘遭國軍迎頭痛擊，加諸天亮之後，國軍飛機臨空轟炸，投下汽油彈，把擱在海灘的共軍運兵船燒燬。隨後，從東半島趕來的坦克車掃蕩流竄的共軍，總計登陸共軍被俘七千餘人，其餘全被殲滅在灘頭與岸際。

雖然，國軍在大陸河山節節敗退，在金門古寧頭算是打了一場大勝仗，卻也傷亡慘重，包括團長李光前，也在西浦頭村郊中彈為國捐軀，這正是中國近代史上最具關鍵性的「古寧頭大戰」。

此後，金、廈兩岸停止往來，國、共兩軍隔海重兵對峙，雙方砲口相向，動不動砲彈呼咻而來、也呼咻而去，住在金門島上的居民，除了仍要在瘠劣的蕃薯田裡討生活，也要在落彈轟擊縫隙之中求生存。

就在民國四十七年的八月廿三日下午傍晚時分，對岸廈門、蓮河、澳頭、圍頭等地的共軍炮兵部隊，突然集中各型加農炮和榴彈炮，同時向金門島展開全面性的猛烈炮擊，霎那間，金門島籠罩在煙塵之中，開啟了驚天動地的「八二三砲戰」，短短兩個小時之內，金門島一百五十二平方公里的彈丸之地，總共落彈四萬餘發，當日總落彈量更高達五萬七千餘發。

炮戰一直打到同年的十月五日，短短的四十四天之中，金門一百五十二平方公里的彈丸小島，竟落彈四十四萬餘發，幾乎把每一寸土地都打翻了，造成軍民傷亡慘重，房屋毀損更是難以估計，連牲口、耕牛等都難逃一劫。

那一年，我年僅四歲，兒時的記憶，迄今依然歷歷如繪。當時，每到傍晚時分，盛夏西斜的陽光無羈地傾瀉在金門島上，正是對岸觀測所看得最清楚的時刻，因此，共軍炮兵部隊逮住有利的射擊機會，炮彈便一波波的飛越金廈海峽，一直轟擊到夜幕低垂。

而每次炮彈打過來，大家趕快躲防空洞。常常是父親立刻丟下手中的工作，一邊喊叫孩子快躲防空洞，一面要攙扶行動不便的老祖母逃命。而母親則是迅速抱起牙牙學語的弟弟，奔命跑向防空洞，每次都是我落在最後面，一邊奔跑、一邊哭泣。

記得有一天傍晚，對岸的砲彈又成群的飛過來，像連珠炮似的臨空爆炸，發出陣陣轟然巨響，似乎都落在附近，造成地上一陣又一陣的震動，屋頂紅瓦紛紛掉落許多塵土，正在補漁網的父親連聲高喊：

「快躲防空洞！快躲防空洞！」

父親一面高喊，催促大家快躲防空洞保命，也一面攙扶纏著小腳的老祖母，和往常一樣，母親仍趕快抱起弟弟跑在前頭。雖然，防空洞距家門約莫一百多公尺，平常慢慢走去，大概一分多鐘便可抵達，可是，突然被轟然巨響的炮聲驚嚇之後，想跑快一點，心裡慌、腳變軟，怎麼跑也跑不動，一步不小心，一跤趴倒在地上爬不起來，最後，還是父親回過頭來，一把將我抓進防空洞裡。

進了防空洞裡，我發覺滿口泥沙，下嘴唇的正中央很疼，不停地湧出黏黏的液體。而防空洞裡一片漆黑與混亂，洞外炮彈依然轟隆轟隆地落個不停，我痛得直哭，可是，一時既找不到大夫縫治，也沒有藥膏塗抹，母親用手壓著我的嘴唇上汨汨湧出的鮮血，流著眼淚：

「種兒！怎麼辦，嘴唇斷了，以後怎麼吃飯？」

二〇〇三年七月十九日

那一拳，改變我一生

我的頭皮右上角，有一處如花生米般大小的疤痕，那是三十幾年前烙下，雖年代久遠，往事卻依然歷歷在目。

記得唸小學三年級的時候，下課時同學都會跑到教室外玩彈珠和射橡皮圈，只有我傻呼呼地坐在位子上。其實，不是我傻，而是家裡窮到連註冊費都是借來的，哪裡還有零用錢買玻璃彈珠與橡皮圈，去和同學玩耍呢？

有一天，不經意間在操場上撿到一條橡皮圈，我高興得不得了，回家後反覆地練習彈射。於是，隔天下課時，我不再枯坐在位子上，跑到教室後面的防空洞邊，小心翼翼地從手腕上取下那條橡皮圈，試圖跟人家玩，希望藉那一條橡皮圈，能贏取更多的橡皮圈。因為，依照一般的玩法，有人蹲在牆角擺置多條橡皮圈，在約兩公尺的地上劃一條線，讓人站在線外用橡皮筋彈射，若射中了，便贏得擺置的橡皮圈；反之，若沒射中，則彈射出去的那條橡皮圈，將被沒收。

為了贏取更多的橡皮圈，我架起陣勢仔細地瞄準，一瞄再瞄，捨不得讓橡皮圈彈射出去，因耽心沒有射中目標，橡皮圈就變成別人的了；站在線外，我躊躇著，不肯輕易出手。

終於，蹲在牆邊等橡皮圈射過去的同學，等得十分不耐煩，收拾起橡皮圈，像隻猴子似的又叫又跳：

「你到底玩不玩，不玩滾到一邊去？」

「要！我要玩。」

我再度架起陣勢，瞄準再瞄準，終於，「弓開如秋月行天，箭去似流星落地」，鬆手的一剎那，橡皮圈像枝箭不偏不倚地正中目標。

哈哈！終於射中了，我跳了起來，像匹脫韁的野馬飛奔過去，撿起射中贏來的橡皮圈。就這樣，一次又一次地瞄準放射，或許，我天生就是一等一的神射手，總是射中多、失手少。是以，手裡頭的橡皮圈，隨著每一次下課鈴聲逐漸地增加。

一陣子之後，大家紛紛對彈射橡皮圈失去了興趣，玩了大半天，輸贏總是那麼三、五條，有人提議用兩個銅板轉動押注。同樣地，只要兩個銅板進了我手中，便諱莫高深，變化無窮，我要它兩個都是正面，絕不會出現一正一反，大家無從猜起，橡皮圈又大把大把地贏進我的口袋裡。我的腦海裡，已不再是國語和算術，而是橡皮圈！橡皮圈！橡皮圈！

不久之後，有人帶來撲克牌，便開始玩起「三公」，每個人分三張紙牌，翻開起來輸贏便揭曉，玩起來既緊張又刺激。

自從玩起橡皮圈之後，我的功課一落千丈，幾乎到了滿江紅的境地，老師開始注意到學生賭橡皮圈的事了，只是，我們經常轉移陣地，有時躲在防空洞裡、有時在草叢中、有時在壕溝裡，而且，大家約法三章，橡皮圈不能藏在書包和口袋裡，成串地紮在內褲的褲帶上，任憑老師搜，也是枉然的。

在學校裡，我已是老師心目中的頭痛人物。終於導師特別做了家庭訪問，將我在學校裡賭橡皮圈的事，一五一十地告訴父親。老師走了之後，父親抓起棍子，往我屁股猛抽著，邊抽邊罵著：

「好兒好七陀，歹兒不如無！」

畢竟，母子連心，父親揮舞的棍子打在兒身，疼在娘心，母親不忍我被毒打，趕緊把我摟進懷裡。氣極敗壞的父親卻持著棍子在繼續叱責著：

「讓你去唸書，你不好好唸，竟成天賭博，明天開始不要上學了，回家給我放牛！」

第二天，母親流著眼淚送我到學校，可是，冰凍三尺，非一日之寒，我的一顆心，早已飛出去了，怎能一下子收回來呢？到了學校，禁不住誘惑，我又賭了，仍是防空洞裡、草叢中、壕溝裡。只要一下課，便一溜煙地不見人影了，誰知，老師早已佈下天羅地網，暗中派人跟蹤，當我們在防空洞裡分好紙牌之際，老師已迅雷不及掩耳的趕來，我機警地從另一個洞口逃出，可是，其他三位同伴則被人贓俱獲，逮個正著。

中午放學的時候，訓導主任把我們「四個賭徒」叫到升旗台上，面對全校師生。訓導主任是個胖子，大家都叫他「大肥黃仔」，又高又壯，嗓門之大，訓起話來無需用麥克風，全操場的人都聽得一清二楚。尤其他那兩顆眼睛，又大又凸，好像要跳出來的樣子，平常，不苟言笑，彷彿是一隻冷面巨鷹，真是人見人怕，特別是生起氣來，脖子上暴滿青筋，更是令人不寒而慄。他問我：

「有沒有賭？」

「沒有。」

訓導主任氣得直跺腳，他轉過身去問默默站在一旁的三位同學：

「他有沒有賭？」

只見他們點了點頭，訓導主任乾咳一聲之後轉過身來，剎那之間，我突然感到頭頂一記重擊，整個人立刻失去知覺，醒來的時候，躺在保健室裡，頭頂右方覆著一塊白紗布。

原來，訓導主任氣炸了，舉起右手往我頭上一敲，竟忘了手上還戴著一枚鑲著寶石的戒子，因而在我頭皮上留下一處傷口，痊癒後留下一處如花生米般的疤痕。從此之後，我不曾再觸及任何賭博的事了。

歲月悠悠，三十幾載春秋消失了，只有疤痕依舊在。想當初，恨透那個兇狠的訓導主任，甚至，背地裡常常向他吐口水。可是，近些年來，每當觸摸到頭皮上的那處疤痕，內心無不慚愧又感激。因為，要不是訓導主任給我重重的那一拳，也許，我成了賭鬼，終日偷偷摸摸，或早已傾家蕩產，淪為小偷盜賊，身繫囹圄，今天哪裡還有一個美滿的家庭？

不久前，從報紙上訃聞看到畢生「誨人不倦」，從金沙國小退休多年的「黃老師」不幸作古，雖不克親自去參加他的告別式祭拜，但心中永遠感念他給我的那一拳，改變了我一生。

二〇〇三年六月廿七日

賣椅仔，當鱟桸！

小時候，只要是跟別人吵架、或打架，父母親知道了，必定是先抓回家教訓一番，也不管是否被人家欺侮；反正，沒有忍氣吞聲與人和睦相處，就是不對，所謂的「是不是，罵自己」！

當然，如果最後查出，係自己先挑釁起爭端，那就慘了，父親生起氣來，抓起棍子就是往我們身上一陣毒打。甚至，棍子打斷了，用扁擔繼續打，而且，邊打還會邊罵：

「好囝好七陀，歹子不如無！」

其實，母親不讓我們兄弟與別人爭吵，怕打得頭破血流，所以，總是交代我們出門在外，不要跟人家吵、不要跟人家爭，凡事多隱忍退讓，因為，「一日無事小神仙」！與人無怨無爭，必定快樂似神仙；而父親也常常勸我們，「被人家口水唾到面，也得忍辱擦掉」！因為，「被人抨，也吃也睏；抨別人，袂吃袂睏！」

然而，父親也曾要求我們為人處事，要懂得將心比心，「吃人一口，要還人一斗」，如果「別人疼咱一寸，咱愛還敬人一尺」，但是，堂堂男子漢，頭頂天、腳站地，要能屈能伸，有所為、也有所不為。

更最重要的是，為人處世要堅守原則：「肉可以給人吃，但是骨不可以給人啃！」意思就是說，被人家欺侮一次，我們可以退讓，相信不管強盜惡寇，人心都是肉做的，只要你展現善意，縱然對方是窮凶惡極的壞蛋，所謂「出手不打笑臉人」，任何紛爭都應可化解。

古諺有云：「公子登筵，不醉也飽；壯士臨陣，非死即傷！」紛爭的雙方，若能各自退讓，所謂「退一步，海闊天空」，將使不愉快消弭於無形，大可不必動用干戈、刀槍相向，拚個你死我活，最後落得兩敗俱傷。

如果我們已經退讓了，可是，別人認為你好欺侮，再第二次出手挑釁，那時，該怎麼辦呢？父親還是認為，應該退讓，因為，他相信委曲可以求全，天底下沒有人天生是贏家，也沒有人是東方不敗，終究，無論誰有三頭六臂，能力再好、武藝再強，「殺人一萬，也當自損三千」！何苦來哉？

但是，如果欺侮你的人「食不知通飽，一再軟土深挖」，得寸又進尺，一而再、再而三的攻擊，那麼，所謂「人爭一口氣，佛爭一炷香」，到了那般田地還忍氣吞聲，無非就等於是一個死人了。因此，父親認為，當一個人被逼到無路可走、無路可退的時候，是該想盡辦法還以顏色，那怕是「賣椅仔、當鱟桸」，傾家蕩產也該討回公道。

父親沒有上過學，只有唸過幾天私塾，大字認不得幾個，可是，他卻懂得「士可殺，不可辱」的人生哲理。

事實上，在那窮苦的年代，耕稼人家每天從早到晚，忙於阡陌之間，耕田犁地或除草施肥，能回到家裡坐在椅子上歇息，那是一天辛勞之後最大的享受；正因椅子是供人坐著歇息的，所以，招呼訪客「來坐，呷茶」，就是最大的誠意與禮遇，椅子在家庭中的重要性，可見一斑。

而鱟桸，正是海灘被譽為史前活化石的——鱟魚，被人捕捉宰殺之後，取其瓢形的外殼，加釘木柄製成舀水的器具，由於鱟殼耐熱，一般是用在廚房大鍋裡舀湯水之用，昔日農村普遍用大鍋煮飯、燒水，因此，鱟桸，是一般家庭不可或缺的器皿。

當然，鄉下的椅子，都由木頭製作，長條形可供兩、三人同時並排坐者，叫做「椅條」；若是供單獨一個人坐的，叫做「椅頭」。一般而言，無論「椅條」、或「椅頭」，普遍是就地取材自製，構造簡單、堅實耐用，一張椅子根本值不了多少錢，並非皮件沙發動輒以萬計。

而「鱟桸」就更粗俗了，那是廢物利用，更值不了幾文錢了，但兩者皆是日常家庭必備的東西。換句話說，如果當一個人被欺侮到忍無可忍，形同殺父、奪妻的血海深仇，理應不共戴天。那時，連家裡不值錢，且天天必用的器皿——椅子都可以賣，鱟桸也可以拿去典當，傾家蕩產為討公道，亦在所不惜。

或許，這是一個「優勝劣敗，適者生存」的弱肉強食世界，大魚吃小魚，小魚吃蝦米，蝦米吃泥巴。古往今來，宇宙生物經不斷的競爭和淘汰賽，能倖存者才能延續、繁衍生命，這是進化不易的鐵則，一點也不值得大驚小怪。就像被譽為史前活化石的「鱟」，雖在地球上生存的時間比人類還久遠，卻因人類的濫捕濫殺，即將慢慢在地球上消失；而地球上的人口，卻年年不斷暴增，因為，人類是理性的動物，窮兵黷武性喜自相殘殺者，終究是少數。

「賣椅仔、當鱟桸」，這是屬於咱們金門地方上的俗語話，隨著生活現代化與生態環境的變遷，不遠的將來，我們的後代子孫，將不知道木板椅和鱟是何物，更不知道這句俗話的緣由。

二〇〇三年十一月十七日

常常要感念的二帖

自身篇

幾年前，朋友競選縣議員，趁路過之便，進入其服務處加油打氣。大概是在客隨主便、盛情難卻的情況下，我喝了一杯茶，也吃了一塊類似豆沙餡餅的甜點，半夜腹痛如絞，嘔吐不已。

平常，我自認是一條漢子，炮火下貧窮的童年，熔鑄成一股「打落牙齒和血吞」、寧折不屈的性子，任風吹日曬、霜打雨淋，鮮少有傷風、感冒或什麼病痛。

同時，每天放學後幫忙田間農事，或寒、暑假下海幫人佈網打魚賺學費，經常跌得皮開肉綻，以及被蚵石割得血流如注，也僅止於路邊抓把青草，放進嘴裡咀嚼敷傷止痛，或抓一把海灘泥巴塗上止血，似乎都很快痊癒，從沒有發炎潰爛的情事發生。

甚至，唸高中時通學，清晨的學生專車在疾駛中，突然前輪爆破翻落水溝，車上很多人受傷，我仍幸運毫髮未損；「國、共」軍事緊張對峙時期，在鄉下老家、與在報社的宿舍，夜間炮宣彈多次落在身旁，近在咫尺，幸運之神總是長相左右，頂多只是帶來一場虛驚而已。就連在詭譎多變的人生旅程，每遇艱難險阻，都能發揮潛藏意志，逢凶化吉。或許，小時候我的頭特別大，很多人都叫我「大頭」，所謂「頭大有福」，我常據此對自己的人生充滿信心和樂觀。

因此，對於吃壞肚子作嘔，自個兒認為沒有什麼大不了的事，反正，把肚子裡有問題的食物吐完，再多歇息一宿就沒事了。在金門高中任教的好友舟衫正巧來電，知道我吃壞肚子躺在床上，夫婦專程從金城趕來探望，要送我去醫院掛急診，還被我婉拒。

豈料，每一回嘔吐過後，不管吃下或喝下什麼，都很快循原路出來，腦袋開始暈眩，整個人彷彿躺在登陸艦艒舨上晃動，覺得天旋地轉。幸好，在林口長庚醫院當實習醫生的五弟返回宿舍，打開電話答錄機，立即撥來電話：

「趕快到醫院急診，要不然，電解質失衡會引起休克、腎衰竭，進而引發敗血症，命危在旦夕。」

夜半三更，我也不知道在什麼情況下，被抬進花崗石醫院急診室，只覺四肢冰冷僵硬，躺在擔架床上呼吸急促，醫護人員有的在幫我打點滴、有的在我臉上套上氧氣罩，囑咐我作深呼吸；果然，一陣子之後，藥物在體內產生作用，才逐漸恢復知覺。

漫漫長夜，躺在急診室裡，面對滴滴藥水流進身體，才恍然徹悟「病從口入」的真諦，還好，「大頭」真的有福，能藥到病除，在急診室的病床上躺了幾個時辰，隔日近午時分，終於能自己下床站起來，向醫護人員鞠躬致謝，走出急診室，算是幸運撿回一命。

然而，當我處於昏迷狀態送進急診室，及時幫我診斷投藥，救我一命的大夜班醫護人員，在我離開醫院時，他們已交班。所以，我不知道他們的尊姓大名，更沒有當面向說聲謝謝，然而，在我的腦海深處，永遠烙印著那幾位救命恩人的身影，時時在感念之中。

孩子篇

凌晨時分，孩子突然腹痛如絞，還連續作嘔兩次。

我看孩子一臉痛苦狀，卻忍不住還責備他不聽話，一再叮嚀放學後不要隨便在路邊買零食吃，而他總是不聽，喜歡買炸雞大快朵頤，或喝一杯冷飲，這回恐怕真的是吃出問題了。

孩子吐完後，又在床上躺著。我摸著孩子的額頭，感覺沒有發燒，可能真的是吃到不乾淨的東西，既已嘔吐，有問題的食物吐完，大概就不痛了。

可是，孩子躺在床上，仍摀著肚子痛得睡不著。本想立即載他去醫院掛急診，但繼之一想，日前從台北返金探親，疑似染「煞」的婦人，晚間突然死了，「嚴重急性呼吸道症候群」疫情源自珠江流域，先在香港肆虐，並向世界各地傳播，全球已超過一千五百人感染，五十餘人死亡，最可怕的是醫界還找不出病因，拿不出有效療方；甚至，連醫護人員亦不能倖免，首位發現病例的「世界衛生組織」醫生，也因感染，藥石罔效病逝於泰國。台灣地區也未能倖免，台北市和平醫院數十人感染，已有醫生和護士死亡，院內兩百四十位病患集中治療，九百三十位員工集中隔離，全台進入空前大緊張，人人聞「煞」色變！

雖然，孩子肚子痛得睡不著，但自台灣回金門的疑似染「煞」的婦人，晚間在醫院死亡，聽說來金門支援的醫生，也有人「落跑」回台灣，所以，島上到處謠言滿天飛，因為，醫院是最容易感染的地方，人人避之唯恐不及，能夠不去醫院，就最好不要去。

因此，我要孩子忍耐一點，說不定睡一覺後會自然痊癒。豈料，漫漫長夜，好不容易挨到天明，孩子仍痛苦不堪，直覺大勢不妙，趕緊驅車前往金城，正好趕上長庚林內兒科診所開診，林醫師仔細聽診，再用兩個手指在下腹來回壓、放測試；輕壓時，問孩子痛不痛，只見孩子輕輕搖頭；然後，手指突然放開，孩子立即痛得哇哇大叫，林醫師立即找來當日《金門日報》，在廣告版上找到縣立醫院的門診表，獲悉外科陳義隆醫師照常開診，表示不是吃壞肚子所引起的腸胃炎，疑似「急性闌尾炎」，建議立即去掛急診。

林醫師寫了轉診單，我帶著孩子火速趕去縣立醫院。雖然，醫院大部份門診照常，但整個偌大的候診區空空蕩蕩、冷冷清清，外科只有三個人掛號，前面兩位都是腳傷複診的老阿伯，幸蒙護士小姐幫忙，經與兩位阿伯商量後，准予腹痛的犬兒先看診。

孩子躺在急診床上，經陳大夫仔細檢查，仍認定疑似「急性闌尾炎」，理應立即驗血、照X光片，進一步確認病因，才能決定需不需要實施切除手術。但是，陳大夫很誠懇表示歉

意，因前一晚從台灣回來染「煞」的婦人在院內不幸病逝，樓上病房區全面淨空消毒，不能收留院病人，因此，必須轉診「國軍金門醫院」，也就是俗稱的「花崗石醫院」。

陳大夫寫了初診紀錄，附於轉診單交給我，向陳醫師道謝之後，立即扶起犬兒趕去「花崗石國軍金門醫院」。一路上，白霧茫茫，為了孩子的安危，心裡開始胡思亂想憂慮起來，真怕萬一檢驗出來的結果，不是單純的「闌尾炎」，需要再轉診台灣大醫院，那麼，霧鎖金門，能見度不到兩百公尺，尚義機場籠罩在茫茫白霧之中，飛機恐怕一整天不能來，甚至明、後天，濃霧都不一定會散開，假如孩子罹患的不是「闌尾炎」，該怎麼辦？

幸好，進了「花崗石醫院」急診室，全身穿著防護衣的醫生、護士，看了縣立醫院陳大夫的轉診單，立即展開診察，先抽血檢驗，再進X光室照片，檢驗結果出來之後，急診室的主治大夫，馬上用電話向上級報告，強調是縣立醫院轉來的急診病患，很快地，一般外科趙主任、直腸外科李主任、放射科主任等都趕來會診，決定再進一步作電腦斷層照相，希望找出真正的病因，才能決定需不需要動刀。

雖然，「闌尾炎」只是小手術，但要診斷出真正的病因，連美國最先進的醫學中心，也只能有八成的正確性。換言之，「闌尾炎」雖是小毛病，診斷卻要費一番工夫，馬虎不得。

事實上，孩子的病情，雖經群醫會診，雖已驗出白血球指數高達一萬九千多，超出正常的一倍，但X光片及電腦斷層切片跡象，並不十分明顯，依然不敢輕易下定論，所以，決定再注射抗生素，觀察四小時之後，再抽血檢驗白血球指數變化。

果然，四小時之後，白血球指數並未減少，外科趙主任很詳細說明診斷結果，認定是「急性闌尾炎」，建議應立即動手術切除，強調手術只需半身麻醉，傷口很小，約莫半小時即可完成，孩子年紀輕恢復比較快，十幾個小時即能下床，而且，趙主任還一再安慰內人：

「只是小手術，不必害怕、不用恐慌。」

我在「手術同意書」上簽了字，用輪椅把孩子送進病房，一路上，還勞駕一位很資深的護士悉心協助，（後來才知道她是院內的主任），孩子更換手術衣，順利進手術室，我在門外板凳等待。

約莫過了半小時，正盼望孩子將要從手術房推出來的當兒，有一位院內長官進入手術室外的管制門，在護理站前詢問縣立醫院轉來的小孩手術情形，我很清楚地聽到護士小姐說：

「報告院長，手術已完成，非常順利，就快要出來了！」

院長點了點頭，除了再三垂詢一些醫療專業問題，也頻頻慰勉大家辛勞後，才緩步離開手術室。

我在一旁清楚看到這一幕，內心感激不已，真想跑過去當面向院長致謝，但是，我趑趄不前。因為，院長與部屬的談話，我是在門外偷聽到的，而且，從早到晚一整天在醫院裡，

親眼目睹院內上自院長，下至基層醫護人員，為縣立醫院因淨空無法收留的病人，竭盡心力在照護。

的確，連日來從報上看到「軍民攜手防疫大作戰」的新聞，諸如金防部賈司令拜會縣長李炷烽，主動承諾願調撥至少兩百個床位，供醫護人員必要時隔離休憩，也調派化學兵巡迴各鄉鎮，實施全面大消毒。

此外，金防部軍醫組人員，也帶領「陸總部」防疫博士專家一行，專程來金協助縣立醫院實施消毒等等，充分發揮「軍愛民」的傳統優良精神。

更重要的是，當縣立醫院因防止疫情擴散，實施全面淨空消毒，無法收治病患的當兒，「國軍金門醫院」立即挑起接收轉診病患的任務，而且，全院上下一心，人人全力以赴，適時彌補縣立醫院因抗「煞」造成的診療缺口，拯救民眾生命於危急之中；而接受幫助的不是別人，正是自己的孩子，那一幕幕悉心的診療照護，我清清楚楚地看在眼裡，畢竟，我只是一個平凡的小老百姓，何德何能勞駕大家，豈能不深受感動？

說真的，我真的很激動，很想當面向院長致謝，但害怕一時激動得說不出話來，將是多麼尷尬！

孩子總算順利完成手術，約莫經過十個小時，即能下床上廁所。其間，主治醫師趙主任及主治醫師，多次到病床邊探視詢問病情，甚至，午夜就寢前，還再次巡房。

以前，曾聽說高中資優生第一志願都瞄準醫學系，考進醫學系之後，分科的時候，又擠破頭選擇將來能自行開業的眼科、兒科、婦科及內科，而以外科較冷門，不但自行開業投資成本高，且風險大，特別是工作時間長，一次手術經常好幾個小時不能休息，如果沒有好體力，不足以勝任。所謂「百聞不如一見」，從早上孩子進入「花崗石醫院」起，到傍晚完成手術，趙主任一直到深夜還在巡房，外科醫生一天工作豈止十八個小時？

在醫院三天兩夜，我也深刻體驗護理人員真的非常辛苦，他們分三班制，每班要連續工作八小時，其間沒有休息，尤其，上班時的每一分、每一秒，都要聚精會神；每一顆藥或每一針，都攸關病患性命安危，一點也馬虎不得，值得一提的是，他們交班時鉅細靡遺的任務交代，倘若一般公務員的敬業精神，能有她們的二分之一，相信行政效率將令人耳目一新。

手術後第二天傍晚，「國軍金門醫院」急診處，又收治一名疑似染「煞」的婦人，因「花崗石醫院」病房是在山洞坑道，而坑道往來相通，僅靠中央空調系統，萬一造成感染，後果不堪設想，被迫將封院十天，人員不准進出。

看孩子恢復的狀況非常好，而且，台北市和平醫院封院的情景，真叫人害怕——害怕封院之後，將被關在山洞坑道裡十天，因此，我特向院方申請提早出院，希望能多給些藥品，獲院方特准，於是，趕在封院的前一刻離開坑道口，在大雨滂沱中「逃」回家，唯一內心不安的是，來不及向連日照護的醫護人員，衷心地道聲：「謝謝！」

如今，孩子已完全恢復健康，重回學校上課。本來，「急性闌尾炎」不算是什麼大病，倘若發生在平時，實在不足以大驚小怪，但是，偏偏發生在金門縣立醫院因「嚴重急性呼吸道症候群」疫情封院的時候，還能獲得「國軍金門醫院」良好的照顧，幸運能保住一命，那份恩情，一家人時時在感念之中，甚至，那情那景，相信一輩子也永難忘懷。

二〇〇三年五月廿九日

時到花就開

昔日，金門島上男多於女，特別是自民國三十八年國軍退守金門之後，突然湧進十數萬大軍，當兵的都是成年的男丁；所以，島上適婚女子更是「奇貨可居」，窮苦的農、漁民家庭想討門媳婦延續香火，更是難上加難。

由於女少男多，適婚女子追求者眾。於是，男婚女嫁流行「三八制」，亦即男方到女方家提親下聘，要給八千元聘金和八兩黃金，選定黃道吉日迎娶新娘之前，還要再送「八擔肉」——八百斤豬肉，供女方宴請親朋好友。

按照當年的嫁娶行情，男方除了要付給女方「三八制」的聘禮之外，男方自己布置洞房等等開銷，至少要花上二十萬元。而當時一個基層公教人員的月薪才一千多元，想要「娶某」，家裡需先「飼大豬」，還得省吃儉用很多年，或四處向親朋好友告貸，才足以娶回一門媳婦。

甚至，迎娶新娘當天的那一套西裝禮服，也可能買不起，得向別人租借。所以，一般靠天吃飯的農民，或乘風破浪「鹽水潑面」的打漁郎，由於沒有固定收入，「娶新娘」成為遙不可及的夢想。

因此，一些比較有錢的人家生了兒子，即央人到處物色女嬰，比如有人連生好幾胎女嬰的，或環境所迫養不起的，請求割愛抱回家當「童養媳」，既可幫忙做家事，長大後更方便和兒子送作堆「做大人」成媳婦；特別是這樣的媳婦自幼一手調教，最能適應家庭，也能節省聘金開支，並可省去婚嫁諸多禮數的麻煩。

當然，「男大當婚，女大當嫁」；何況，自古以來，中國人「不孝有三，無後為大」的觀念根深蒂固，一般人娶妻的主要目的，就是為了傳宗接代，延續香火。

一般而言，傳統的兩姓聯姻，正常的狀況是「嫁娶婚」，即女方出嫁，由男方依禮俗迎娶進門，因女人在家從父、出嫁從夫，所以，當新娘出閣，轎子或禮車啟動之時，新娘要拋出一把「扇」——閩南語與「姓」同音，象徵把原來的姓拋棄，從此跟隨丈夫生活一輩子，繁衍下一代繼承家業，正是所謂的「嫁雞隨雞飛、嫁狗隨狗走，嫁乞食隨伊背茭荎斗！」因為，過去農業社會民風保守，及早養個「童養媳」，有備而無患，將來不怕沒有媳婦傳宗接代。

其實，「戲法人人變，巧妙各有不同」！辦法是人想出來的，當時，也沒有實施「優生保健法」，近親結婚不但沒有人多加干涉，而且，親上加親，還是公認的美事一樁。於是，衍生許多「姑換嫂」或「表兄娶表妹」的聯姻方式。

何謂「姑換嫂」呢？簡單的說，就是窮人家無力婚娶，將自家女兒許配別人家為妻，換娶回那家女兒為媳，也有稱作「調換親」。若是幾戶人家輾轉調換，則稱「三調親」或「四

調親」，習俗與一般婚娶大致相同，但嫁妝從簡，基於平等互惠，彼此可同時省下「三八制」禮聘，以及諸多繁文縟節。

再不然，表兄妹聯姻成親，不管是姑表或姨表，畢竟皆是原來的親戚，血脈相連，自己人總是比較好講話，所以，表兄妹結婚親上加親，都被認為是可喜可賀的美事。

除此之外，結婚的方式，也有「招贅婚」，亦即一般通稱的「招囝婿」，那就是男方改姓，贅入女方家門，將來所生的兒女依母姓，繼承女方的家業香火；也有事先協議「雙頭顧」，意即所生的子女，分別從母和從父姓。然所謂的「大丈夫坐不改名、行不改姓」！男人通常是落魄到生活無以為繼，沒有錢成家立業，才甘願被改姓接受「招贅婚」。

小時候，「八二三炮戰」後的金門農村，到處殘破不堪，家家民不聊生。而我們家有五個兄弟，且沒有什麼田地或產業，一個個小蘿蔔頭像燕巢的雛鳥，一張口只會吃，不會幫忙勞動生產，曾有人當著父母親的面數著手指頭：「一個兒子結婚要花二十萬元，五個兒子就要一百萬元，不趕快去抱童養媳，將來憑什麼娶媳婦，恐怕有些要去被人家招囝婿！」

事實上，我們家房子毀於炮火，真的是到了「一窮二白」的境地，自己家裡一堆的孩子，三餐都吃不飽，誰敢把女兒送給我們家當「童養媳」。

再說，即便家裡有姊妹可和別人家「姑換嫂」，可是，別人看到我們家徒四壁，也會退避三舍。因此，母親看著孩子一天天成長，常常是憂愁滿面，耽心孩子養大後，沒有錢娶妻成家立業，而父親總是安慰她：

「時到花就開！免煩勞啦！」

幸好，孩子唸完小學之後，正巧適逢政府開辦延長九年國民義務教育，很幸運有升讀國中的機會，更隨著復興基地經濟起飛，大環境獲得逐步改善，我們家五個兄弟，一個接一個升讀高中，甚至，完成大學學業。如今，不但都已順利娶妻成家，也都獲得很好的就業機會。

所謂的「一枝草、一點露，天無餓死刻苦人」，我們兄弟正像一株株的花草樹苗，隨著四時雨露的滋潤逐漸成長。

二〇〇四年五月廿八日

金門「百萬」計程車

出租汽車，是供按錶計程或計時收費的營業小客車，車頂置有「TAXI」或「出租汽車」的號誌，為當今世界各國市街普遍存在的交通工具。

在台灣地區，出租汽車稱為「計程車」，由於車身依規定全漆成黃色，所以，又稱「小黃」；營業駕駛人則稱為「運將」或「運匠」。而在港、澳地區，出租小客車稱為「的士」，營業駕駛人稱為「的哥」。同樣的，在大陸地區，出租小客車也叫「的士」，但乘客租車叫做「打的」，駕駛營業人則稱為「師傅」，因為，那是一種專門職業技術，備受禮遇。

雖然，出租汽車普遍屬於私有財產，但卻是城市形象的視窗，也象徵治安的良窳，畢竟，從駕駛的服務品質，可以看出一個城市的文化水準；從車輛前後座之間，有沒有加裝防搶鐵欄杆，即可管窺一地的治安狀況。所以，世界各國對出租車，均有外觀顏色與標誌之統一規定，甚或在數量上做必要的限制。其中，若因數量管制造成供需失衡，讓經營出租車有利可圖，車輛牌照往往成為炒家的「搶手貨」。

舉例而言，廈門是個海島，被規劃為「經濟特區」，為打造成為「國際花園城市」，各項建設精心擘劃，不但市街禁行機車，連出租車也總量管制。大約在七、八年前，一張出租車牌讓渡權利金，一萬元人民幣隨處可買到，可是，廈門島有兩百多萬長住人口，加諸金廈「小三通」日益熱絡，每年經由金門「中轉」超過七十萬人，而且，大陸經濟起飛之後，人民所得提高，有錢又有閒的旅遊人口日增，出租車生意大好，因此，新近每張車牌已飆漲至五、六十萬元人民幣，且奇貨可居，價值換算已超過新台幣兩百萬元，較諸金門實施「戰地政務」時期，每張計程車牌喊價一百八十多萬元，更令人咋舌！

當然，金門「戰地政務」時期的「百萬」計程車，亦是因數量管制下的產物，其緣由蘊含著一段曲折的故事。

話說從前，金門是一個海中孤島，到處黃沙滾滾，居民出遠門最好的交通工具是騎乘騾、馬，直到民國三十八年國軍退守金門，島上才開始出現軍用車輛，普遍為美製的大卡車、中吉普車和吉普車。

當時，戰地司令官胡璉將軍愛民如己，看到老百姓出遠門都用雙腳徒步，因而下令軍車遇民眾半路攔車，儘量停車讓百姓搭便車。而且，民間有婚、喪、喜、慶活動，皆可向駐軍申請車輛支援，以營造戰地「軍愛民、民敬軍，軍民本是一家人」的氛圍。

曾經，有一位不識字、不會講國語的村婦，挽著包袱準備回娘家，走在半路上，遠遠的看到一輛軍車緩緩駛近，心裡暗忖著：「如果能夠搭個便車，少走一些路，那該有多美好？」於是，她向軍車招手，司機果然停下車：

「妳要去哪裡？」

「我要坐你的車子。」

村婦把「車子」，荒腔走板說成「妻子」，

「什麼！妳要做我的妻子？」

「嗯。」

隆隆的卡車引擎聲中，但見村婦猛點頭。司機以為半路撿到一個老婆，等到載回營房門口，才恍然大悟。

民國五十年前後，金門島上有人以淘汰的軍用吉普車，改裝成載客的營業車，往來金城、山外和沙美之間，供民眾共乘分擔付費。由於也可單獨包租，所以，一般人均稱為「包車」。

曾經，有一位老阿伯在路旁等車，遠遠地看到一部「包車」駛近，趕緊舉手招呼，還怕司機沒有看到，連聲喊叫：「包車！包車！」到了目的地之後，阿伯遞給司機一張十元紙幣，司機卻向他要「包車」的五十元，兩人認知不同起了爭執。原來，司機聽到阿伯喊「包車」，誤為是將車子包租了，而阿伯的意思只是在「叫車」而已。

其實，他們雙方都沒有錯，錯在金門的村夫村婦，出生在荒涼落後的海上孤島，童年又在日軍統治下，沒有上學讀書識字的機會，不知道出租車叫「計程車」，否則，就不會有認知上的誤會。

幾年之後，金門島上開始出現裕隆出產的小客車，但一般人仍習慣稱作「包車」，司機被稱為「開包車仔」。當然啦！金門剛起步的出租小客車，數量稀少，民間可申請進口。那麼，金門計程車為什麼管制進口？為何牌照每張會飆漲至一百八十萬元？

據市井傳說：民國六十二年間，經國先生任行政院長時，有一次到金門視察軍經建設，在新市街頭看到整排的計程車「等嘸人」，直覺係生意清淡，指示政府要多多關懷照顧他們。

也許，蔣院長有所不知，所看到的只是一個「假象」，而隨行的地方軍政官員，又不敢據實以告，畢竟，「假象」正是他們搞出來的。其實，平日島上部隊採輪流放假，市街及計程車生意應接不暇，但只要有高級長官蒞臨防區參訪，島上即全面實施「高賓演習」加強戰備，部隊官兵一律停止休假，因為，中央高層長官難得蒞臨視察，應趁機營造戰地官兵鬥志高昂，「毋恃敵之不來，恃吾有以待之」，準備「打第一戰、立第一功」，豈能讓阿兵哥滿街「趴趴走」，留給長官不良的印象，所以，計程車才會大排長龍「等嘸人」。

當然啦！部隊講究服從，所謂「一個命令、一個動作」，針對蔣院長的指示，相關單位立刻深入研究具體方案。有人提議直接提高車資，但如果旅客改搭乘公共汽車，計程車業者恐怕會未蒙其利，可能反受其害；其中，有人提議全面管制車輛進口，減少競爭，獲得長官的支持，照案實施。

事實上，島上駐守十萬大軍，只要不是「莒光日」或實施「高賓演習」，每天都有部隊官兵輪流休假，到處可見三五成群的阿兵哥上街購物或看電影，計程車供不應求，特別是傍晚官兵收假前，常常等不到計程車回營。因此，戰地司令官考量金門整體交通運輸需求，以及照顧貧困的居民，特准許增加進口四十部營業小客車，附帶但書，規定不可過戶轉讓。

民國七十三年六月，金門戰地政務委員會修訂「計程車進口處理要點」，將全島總數量上限一百六十一輛，上修為二〇〇輛，因此，又增加三十九輛開放的空間，為求公正、公平、公開原則，將根據「金門地區計程車進口處理要點」第五條第一項第六款之規定，凡本人、配偶及其同戶之人未經營商業，又持有營業小客車駕駛執照者，可以參加登記，並以公開抽籤的方式，受理申請進口。

由於需求者眾，如果能抽中一張計程車牌照，等同中了「愛國獎券」第一特獎，雖然，參與抽籤資格限制嚴苛，但登記仍十分踴躍，總計大金門有一〇四人、小金門有十人完成登記手續，分別於七十三年九月至七十五年五月之間，分三梯次舉辦公開抽籤，又准許進口三十九輛小客車，讓總數達到二〇〇輛「全面管制」的目標。

不久之後，金門又進口一部計程車，使總數成為二〇一輛。為什麼會多出這一輛呢？緣起於金寧鄉西浦頭有一位婦人，到軍營附近撿拾廢五金與空酒瓶，被一位義務役的戰士在壕溝姦淫殺害，留下幾個嗷嗷待哺的兒女，家境清寒，處境堪憫，因此，司令官特准許其幫人開計程車的丈夫，專案進口一部計程車，以實質照顧失母的稚子。

也許，金門島上長住居民四、五萬人，駐軍約有十萬人，特別是民間私家轎車管制進口，機車也管制進口，總數十餘萬軍民，除了公共汽車之外，就靠二〇一輛計程車運輸，由於顧客多、生意好，業者收入豐厚，因此，計程車牌照讓渡權利金價碼節節高升，最高每張牌照飆漲到一百八十萬元，而且，手中有錢，也不一定能買得到車牌。

然而，為什麼金門計程車會那麼搶手呢？答案很簡單——有利可圖。因此，懂得精打細算的人，看準計程車管制進口，大餅由既有業者分享，投資報酬率偏高，於是，爭相搶購車牌，再顧用駕駛執業分紅，收入比銀行定存高出甚多，確實是有利可圖。

此外，許多幫人開車的駕駛，每天辛苦賺的錢，最後都歸幕後車主所有，心有不甘，於是，不惜標會或貸款跟著搶購車牌，然為了增加收入還債，以致超速發生車禍或超收車資引起糾紛，因而衍生的問題層出不窮。是以，各方要求全面開放進口的呼聲，日益高升。

時代的巨輪，隨著歲月的遞嬗不斷前進，要求結束軍管，恢復民主憲政常態的聲音愈來愈大，中央政府也從善如流，在金門開辦公職人員選舉，並在候選人政見的催化下，台、金之間民航機開放了，遠航班機飛來飛去，想去台灣，憑身分證即可買票；同時，在軍管體制下管制四十年的照相機、收音機、摩托車、私家轎車等，也均一一適時開放進口，以滿足島上居民的生活需求。

可是，說來很可笑，多項公職人員選舉，包括增額立法委員選舉、首屆縣諮詢代表選舉，以及地方民代選舉，總計超過一百多位候選人，選戰期間文宣滿天飛，興革政見喊得震天價響，什麼問題都有人提出來，然而，爭議最多的計程車管制問題，卻沒有哪一個候選人敢碰觸，好像問題不存在似的。

畢竟，管制計程車進口，造成社會不公，許多出資的人不勞而獲，在家坐享其成；而真正開車打拚的人，辛苦的汗水白流，因此，要求全面開放計程車進口，所持的理由是：

一、金門號稱「三民主義的模範縣」，卻違反民生主義自由競爭的原則，造成「市場壟斷」，能開車者，買不到車經營，不能開車者，卻擁車賺大錢；有人出賣勞力當佃戶，有人用錢炒作當老闆，和 國父「人盡其才」與「耕者有其田」的主張相違背。

二、管制的結果，每張車牌飆漲至百萬元以上，不乏投資者以「羊毛出在羊身上」，藉以超速和超收車資撈本，造成服務品質低落，影響金門人善良純樸的形象。

三、管制保障二〇一位業者的生計，而漠視數以萬計軍民消費大眾的權益，二〇一與數萬誰大？答案三歲小孩都知道。

四、每張牌照飆漲至百萬元以上，權利金居高不下，足見有利可圖，為提升計程車服務品質與形象，宜全面開放進口，以去蕪存菁，讓真正有能力、有心開車的人留下來，把用錢炒作者淘汰出局。

五、若真正需要限量管制進口，亦應破除車牌世襲，改由公開標租，並訂定管理辦法，多給想開車的人一些機會。

當然，計程車業者享有既得利益，誰願放棄含在口中的大餅？何況，他們是有組織的團體，手中握有選票，任何候選人都不願得罪，因此，透過總工會和汽車公會等組織力量，繼續要求管制計程車進口，所持的理由是：

一、島上駐軍日漸減少，如再開放進口，將影響生計。

二、地區道路既狹且彎，再開放更多車輛進口，勢必惡性競爭，交通秩序將更為紊亂。

三、計程車業者不是遊民收容所，而是有工會、有組織的團體，絕大多數業者遵行法令，實實在在服務社會大眾，若全面開放，恐將降低服務品質。

四、部份業者靠四處告貸或標會，以超過百萬元購買車牌，一旦全面開放進口，勢必有人無法還債被逼去跳海，人命關天，問題不容漠視。

誠然，所謂「公說公有理，婆說婆有理」，相關單位也難以下定論，以致延宕到戰地政務解除，計程車才又開放進口，然因兩岸關係逐步和緩，大陸飛彈已可直接瞄準台灣島上的目標，金門早已失去前哨的戰略地位，且大量撤離駐軍，儘管金門對外開放觀光，但在旅行業的主導下，觀光客皆以大型遊覽車載送為主，計程車只能望而興嘆，常常大排長龍等嘸人，昔日生意興隆，大發利市的榮景，已成過往雲煙，軍管體制下的「百萬」計程車，已成歷史名詞，只能留待追憶。

一九九〇年十月六日

崗上聽濤隨筆

掬一把晨曦

——崗上聽濤隨筆之一

清晨，我起得很早，信步登上「彩印大樓」的屋頂，面向浩瀚的大海，希望能掬一把晨曦。

從台北受訓歸來，在成功崗上工作，已經有半年的時光了；生活在崗上的日子，宿舍就在海邊，每天夜晚，在嘩啦嘩啦的濤聲中入夢；清晨，也在嘩啦嘩啦的濤聲中醒來，日子就在潮音之中更迭漸進。

就像此刻，一覺醒來登上樓頂，佇立在徐徐的晨風中，面向東方蔚藍的大海，金色的晨曦無羈地灑在料羅灣海面，散發出粼粼波光，照亮著海面的點點漁舟。雖然，「彩印大樓」只是一幢兩層樓建築，但站在樓頂居高眺遠，視野下是無限寬廣與寧靜，彷若一幅精心描繪的山水圖畫，讓人不自覺地打從心底產生一股「登樓憑眺天空海闊，遊目騁懷心曠神怡」的舒暢。

話說成功山崗，是依山傍海的一塊高地，東邊緊臨浩瀚的台灣海峽，左右兩側各有天然的斷塹溝壑阻絕，地勢極為險峻，當初軍方選擇建立「廣播電台」，還因北邊有座花崗岩壘疊的太武山，成為天然的屏障，有利躲避共軍炮火的轟擊。

也許，對岸共軍火炮威力逐漸增強，整個金門島都在有效射擊範圍之內，對大陸發聲的「廣播電台」自是不能例外，因而被迫遷往塔后的岩石山洞。民國五十一年，遺址由隨國軍從江西撤退而來的「正氣中華報社」接手，另行開鑿深入地底十餘公尺的地下室，當作鉛字排撿房；民國五十四年，再擴增對金門民間發行《金門日報》；民國六十五年為因應業務擴展，又增建「彩色印刷廠」，主要的目的是為承印「金門酒廠」的商標與包裝盒，個人有幸參加徵才考試，獲錄取奉派赴台學習彩色照相製版，加入工作的行列，才有機會來到成功崗上。

所謂「境由心生」！一個人在新的環境裡，受其薰陶可逐漸潛移默化，而塑造出新的性情。因此，來到崗上半年多了，每天接近大海和山巒，漸漸感到自身的渺小，深覺年輕人要走的路很遙遠。眼前的「得」，並不能代表一生的成就；眼前的「失」，也並不表示就是一敗塗地，這輩子永不翻身。畢竟，「人生可比是海上的波浪，有時起、有時落；一時失志、毋免怨歎，一時落魄、毋免膽寒，三分天注定、七分靠打拼，愛拼才會贏！」

記得考取這份工作之時，準備辭去醫院的差事，回家稟告雙親，老人家既不表示贊成，也不加以反對，要我自己慎重考慮，倒是老祖母敬天拜佛，每事必問神卜卦，偷偷地到廟裏抽了一支籤，說什麼叫「王子求仙」，一路上遇到許多艱難險阻，「魚困涸澈，難待西江水」，後來，幸獲神仙營救，「蛟龍得雨雲，終非池中物」。

其實，我素不相信冥冥之中命運的安排，所以，對於老祖母的「籤詩解說」，仍一笑置之，毅然決定辭去醫院裏的工作，因為，自認不是學醫的，醫院非久留之地，而且，在這學識和科技爆炸的時代，人浮於事，沒有一紙傲人的文憑，將難以在人叢中立足。何況，所謂「良田千畝，不如薄技隨身」！能獲得公費赴台學習一技之長，這是千載難逢的大好機會，未來最起碼能養活自己，不是嗎？

雖然，半年後的今天，發覺老祖母到廟裡抽的那支籤，似乎真的有一點靈光，因為，擺在眼前的道途上，出現荊棘和溝壑，隨時可能會被絆倒或栽跟斗，遍體鱗傷，最明顯的實例，就是那個在部隊出了大紕漏，遭撤職轉任的「人官」，心生怨懟，導致心術不正，特別是對我們十位赴台受訓回來的伙伴，凡事刁難，打壓不餘遺力，難怪報社主筆「風衣」看不下去，在「浯江夜話」撰文寫到：「如果窮極無聊，可以砍下自己的胳臂來把玩，但千萬別拔別人的一根毫毛開玩笑！」

然而，俗語說得好：「人在屋簷下，豈能不低頭？」幸好，值得安慰的是，有人說過：「人生的道路是崎嶇的、坎坷的，除了橫逆險阻之外，多少的欺辱笑罵擺在眼前，都得一一去克服與突破。一個人的成功，絕非偶然；一個成功的游泳者，你問他是怎麼成功的，他會告訴你：『要有不怕喝水的精神！』同樣的，一個善溜冰者，你問他是怎麼成功的，他會毫不遲疑地告訴你：『跌了，要有爬起來的勇氣！』」

此外，記得在台北當學徒的時候，有一位剛從台北市工畢業的伙伴，生長在繁華、競爭的社會裏，思想終究是不同凡響；他認為年輕人，當學習海鷗飛翔的精神，不僅是為了覓食，而且，還在追求一種理想、一種快樂、一種盡善盡美的飛翔、更快更高的飛翔。他認為一個人，二十五歲以前，是在充實自己；三十五歲以前，是在學習賺錢；而三十五歲以後，才真正的開始賺錢。所以，他不停地跳槽，目的不是想獲得到更高的薪水，而是要汲取每家公司的技術及精華。

從台北當學徒回來半年了，雖然，眼前的道路，出現許多艱難險阻，有待努力一一去克服。幸好，每天能面對山巒與大海，自覺眼前的得與失，並不很重要，畢竟，我還算年輕，人生的旅程還很遙遠，光明的前程靠自己去開拓，此時此刻，何妨伸出雙手掬一把晨曦，展放在未來的旅程上。

一九七七年七月廿一日

斜風細雨不須歸

——崗上聽濤隨筆之二

斜斜的風，細細的雨，交織著一幅朦朧的暮春景象。

傍晚下班的鐘聲響後，同仁頂著雨傘陸續步出報社的大門，消失在斜織的雨絲之中。佇立在屋簷下，抬頭望天，雲層壓得好低，黝黑得像一塊吸著墨汁的舊棉絮；雨，似乎沒有停歇的跡象。而且，冷風也咻咻作響，連耐寒的木麻黃身軀，也在風雨中打哆嗦。

「下雨天，留客天，天留我不？留！」

哈哈！唸小學時上作文課，老師講授標點符號的重要性，同樣是一點，如果標錯位置，將會鬧笑話，引述上則大家耳熟能詳的故事。想不到，今天真的遇到「下雨天、留客天」回不了家的窘況。

其實，下班後有沒有回家，並不是很重要，只是，上星期一早晨出門上班時，媽媽曾頻頻地叮嚀，要我今晚早一點回家，大概今天是我的農曆生日吧！她老人家一定又要為我煮麵線和紅蛋。但是，今晚飄著斜斜的風，下著細細的雨，我不是蘇軾，無法乘風歸去。

大家都知道，中華民族是最崇尚孝道的民族，古代史書即明載：「孩子的生日，即是母親受難日」，因為，母親生育子女，懷胎十個月期間，要忍受多少辛苦？臨產陣痛，又受盡多少折磨？尤其，昔日醫藥不發達，嬰兒從母體分娩，多少人難產喪命？多少人血崩撒手人寰？可以想像懷孕是何等危險與痛苦啊！

何況，家母生我們兄弟之時，正是金門烽火連天的年代，我們家的紅磚瓦厝，先後中過七發炮彈成為斷垣殘壁，時時在風雨中飄搖，且敵人的炮彈隨時臨空爆炸，經常要躲防空洞，孕婦如何安胎待產？

甚至，炮戰期間躲在防空洞裡，既沒有飯吃、也沒有水喝，為人母者除了自己要忍飢挨餓，更要哺育子女吃奶，那情那景，相信身歷其境的人，絕對是永生難忘，怪不得我們兄弟的生日，常常自己給忘了，而母親卻牢牢的記著，總不忘為我們煮麵線和紅蛋，看著我們吃完，希望孩子們延年益壽，平安順利。

老實說，今天是我的生日，媽媽一定早已煮好麵線和紅蛋，倚門等著我回家，但是，天刮著風、下著雨，回家的這段路程，起碼有六、七公里的光景，並沒有直達公車；若用雙腳徒步，確實是嫌太長了一點，費時又費勁；若改踩腳踏車，在強勁的東北季風裏，歸途上坡又逆風，體力恐怕會吃不消。

當然啦！如果能有一部機車，穿上雨衣就能風雨無阻，可惜，「戰地」軍管體制下，有人騎車肇事，司令官一聲令下，機車管制進口。因此，想要買部新車，得先買部淘汰的車牌，憑那麼一丁點月薪，即使省吃節用，也得存個三年以上，才能實現夢想。

所謂「人在屋簷下，不得不低頭」，處在敵人的炮火下，生活落後與貧窮，是大家共同的命運，同事之中，也有幾位跟我「同病相憐」者，也常為上、下班的交通工具苦惱。

有一天，有一位同仁曾感慨而言：

「既然機車不能進口，公車不易擠，乾脆買匹馬來騎算了！」

其實，那是無奈的氣話，畢竟，騎馬容易、養馬難。小時候，家裡就曾養馬，光是為讓馬健康不生病，就是一件困難的工作，所以，養一匹馬騎乘上、下班，應是玩笑話。

天色漸漸地暗下來，雨絲愈來愈密，看樣子，今晚是無法回家了；由於老家在鄉下，村子裡還沒有人裝電話，無法向媽媽說一聲：

「今晚，斜風細雨，我不能回家了。」

既然，回不了家，只好留在報社過夜了。漫漫長夜，沒有電視看，只好看書閱報。所謂「開卷有益」，但看哪一類的書？是準備參加考試的書？抑或是自己所喜歡看的書？諸如報章雜誌與文藝小說，以啟心智，陶冶性情。

幸好，報社有台灣北、中、南和花東地區出刊的二十幾種報紙，更有香港來的，確是應有盡有；同時，也有許多雜誌，如《文壇》、《文藝月刊》、《小說創作》和《新文藝》等刊物。雖然，那些書籍普遍是軍中發行的反共文宣刊物，但仍有許多膾炙人口的散文和小說，任君品讀。

事實上，生活在戰地，工作餘暇，電視只能看華視節目，中視和台視並沒有轉播站，訊號極度微弱，只有海面風平浪靜的時刻，才勉強收到「五燈獎」、「金曲獎」之類的娛樂節目。其餘的，只好看小說，尤其，一些曾在金門當兵的文藝作家，如公孫嬿、司馬中原等等，寫了許多與金門有關的「戰鬥文藝」，令人備感親切，百讀不厭。

也許，正因平日散文、小說看多了，並時時抄錄記下書中的名句。偶而，也跟著「東施效顰」，開始邯鄲學步練習投稿，寫些生活雜記或散文，藉著磨練自己，兼而賺些稿費，用以購買喜歡的書籍，一舉而兩得，不亦樂乎！

就像今夜，寫下這篇初稿，拉開窗帘，但見窗外無星、無月，仍是瑟瑟的風、索索的雨，夜已深沉，雖然，無法撥一通電話回家稟報，但相信母子連心，媽媽大概也已經知道，今晚斜風細雨，我是無須歸去的。

一九七七年八月廿六日

母親的眼淚

——崗上聽濤隨筆之三

一、

三輪車司機踩動引擎，隆隆的馬達聲中，夾雜著車斗上兩頭黑公豬的咿嗚聲，順著蜿蜒的田間小路揚長而去，捲起了漫天塵煙。

「可惜，真可惜！差兩斤就八擔（八百斤）。」

爸拿著豬肉商開立的收據，扛著村子裏那把大公秤，望著紙條上七百九十八斤的數字，不斷自言自語地碎碎唸著。

「爸！大豬一擔賣多少錢？」

「目前農會的公訂價，一擔是兩千四百元。」

「這樣算起來，兩頭豬可以賣一萬九千多元，養豬到底是賺錢，還是賠錢？」

「唉！莊稼人養豬，是不計成本，平日耕稼收成飼豬，就像納會錢一樣，將小錢拾作堆，一點一滴慢慢累積起來的。」

我回過頭去，發現媽怔怔地站在一旁，凝視著三輪車駛過的泥路，那捲起的塵煙，眼眶裏閃爍著晶瑩的淚水。

「媽！您怎麼啦！」

「沒……沒什麼。」

只見媽趕忙用手，揮落掛在臉頰上的淚珠，默默不說一句話，低頭走向回家的路上。

二、

前年冬天，媽曾對我說：

「你祖父二十四歲時結婚，你父親、叔叔和堂哥，通通都是二十四歲結婚，過了年，你也滿二十四歲了。尤其，你是家中的長子，希望能繼承咱們林家的傳統，也能在二十四歲時娶個新娘回來。」

我笑了笑：

「媽！現在時代不同了，年輕人都不願意太早結婚，最起碼也要二十八歲，等到有一點事業基礎再說。」

「可是，你看你表哥，人家還不是跟你同年生的，現在已結了婚，還有一個男孩，阿姨真好命哦！」

「娶某生子，不是兒戲，這種事急不得，也不能跟人家比，要靠緣份，緣份到了，想躲也躲不掉，緣份還沒到，著急也沒用。」

「是呀！萬事攏是天註定，查埔、查某要結作尪某，是前世人相欠債。其實，想要娶某，有緣免人水，命好免人勢，只要娶個能和我們同心的，就可以了，不要太挑剔，機會來了就不要放棄。」

「好啦！媽！男大當婚，女大當嫁，這個道理我知道，以後我多加注意就是了。」

三、

冬盡春來。

家裏原先飼養的三頭大白豬，到農會登記後，順利地出售了；大白豬賣出後，按往例要再買小豬回來飼養。然而，以前買小豬，不管是白的、紅的、花的、公的或是母的，只要品種不差，看得順眼就買下來了。

可是，這回情況不同了，媽曾偷偷告訴爸：

「娶媳婦拜天公的豬，必須是黑色的公豬，所以，這回要買小黑豬，一斤多貴幾塊錢，也無所謂，希望把豬養大，能拜天公、娶媳婦。」

於是，爸用扁擔扛著麻袋，爬涉過好幾個村莊，好不容易才發現有一戶人家，所飼養的母豬，生了一窩黑色的小豬。

「飼豬娶媳婦，這是莊嫁人一生最高興的時刻。」

「對了，小豬一斤要賣多少錢？」

「如果你兩隻都買公的，一斤多算兩塊錢好了。」

買回小豬之後，媽飼養得特別殷勤，用好的飼料、也加上「歐羅肥」，每天的精神和力量，都投注在小豬身上，希望小豬能快快長大。因為，她老人家的心目中，只祈望著這兩頭豬養大後，能讓我娶個媳婦回來。

四、

春去秋來，兩頭小豬已長得又大又肥，看來每頭都有兩百多斤了。

媽看到黑色小豬已長大，眼看著我二十四歲的日子，僅剩下一個冬天，急得像熱鍋上的螞蟻，不時地問我：

「阿種呀！你到底找到女朋友了沒有？」

「現在還沒有，正在找嘛！」

「沒有的話，是不是該請媒人幫忙找？」

「媽，結婚絕不是兒戲，不僅關係自己一生的幸福，而且，也影響下一代，馬虎不得的。」

「以前沒有自由戀愛，憑父母之命、媒妁之言，還不是一代傳過一代。我不反對年輕人自由戀愛，可是，現在豬養大了怎麼辦？」

「豬養大，可以賣錢呀！」

「賣掉？」

眼看著黑豬愈養愈大，從兩百多斤到三百多斤。既然，一時之間，娶不到媳婦娶，只好到農會登記出售了。

五、

時間過得真快，農曆新年一過，春天一來，屬於我二十四歲的日子已消失，而到農會登記出售的黑色大公豬，也賣出去了，僅剩的只有三輪車駛過捲起的那些塵煙，以及掛在母親臉頰上的眼淚。想想迄今連知心的女朋友都沒有，陪著媽走在回家的路上，內心不自覺地感到一陣酸楚，回到家裏，我真不知該怎麼安慰媽才好呢！

一九七七年九月七日

學徒生涯原似夢

——崗上聽濤隨筆之四

人的記憶力有限，在諸多的往事之中，有一些會像過眼雲煙，一眨眼的工夫便給淡忘了。可是，有些卻能永鐫心版，歷久而不忘，就像我在台北當學徒的那些時日，雖時過境遷，卻彷彿如昨天才發生似的，依然歷歷如繪，常常在腦際浮現。

民國六十五年五月十二日，我們一行十人，滿懷著興奮與恐懼的心情，拎著簡單的行李從料羅碼頭搭上海軍軍艦，經過二十幾個小時的海上顛簸，終於在高雄港靠岸，連夜換乘火車北上，準備到台北當學徒。

記得出發的那天早晨，大伙兒拎著簡便的行李到報社集合，只知道要到台灣去學彩色印刷技術，但究竟在哪裏學習，將學習多久？誰也不曉得。只有在隊伍出發之前，長官給予我們的叮嚀：

「這是短期受訓，每個人將學習不同的專門技術，到台北後聽候分發，在工廠當學徒會很苦，要忍耐一點，台北是個花花世界，各方面自己得處處留心，好好地學、用心地學，須知大家任重道遠，只許成功，不許失敗！幾個月之後，你們將為金門帶回來一個彩色的世界。」

北上的復興號列車，在滿街霓虹閃爍的時刻駛進台北車站，當晚，大伙兒暫時住在羅斯福路的「金門服務中心」休息，等候分發命令。

隔日一早，報社聘請的兩位顧問來了，一位是中央日報社的李主任，另一位是台北市立工業學校的方主任，他們曾到金門主持招考口試，對我們一行的專長早已胸有成竹；於是，見面之後開始點名分發任務。

結果，我與其他兩人，分發到台北縣永和竹林路一家照相製版廠，分別學習照相、拼版和曬版工作；另外，有四人分發到台北縣的新莊及三重市學習平版印刷，其他照相排字及打樣在萬華，實習紙盒壓型的獨自一人分發到台中；隨即各自攜帶行李，前往分發的工廠報到。

記得第一天進入工廠，首先拜見公司老闆孫老師，我被帶上二樓照相房，師父第一句話便問：

「你是來學分色照相的，準備要學多久？」

「預定是六個月左右。」

我回答出大概的數字，因為，到底要學多久，誰也不知道。

「六個月……？」

只見師父一臉疑惑，沉思半晌之後又說：

「六個月，可能不太夠，按照一般情形，學習彩色分色照相與暗房沖片技術，要學到能獨立作業，印刷科畢業生也要學兩年，普通都得學上三年以上。」

「要學三年？」

我愣住了，暗忖著三年才能學會，而我們只是短期受訓，將能學到什麼呢？面對如小貨車一般的大照相機，頓覺有點茫然，真怕六個月後，連基本的機器擦拭與都還沒學會，回金門如何向報社交代？

師父看我一臉疑惑，接著說：

「老實說，彩色分色製版照相，在台北算是一門高級技術，沒有人願輕易傳授他人，因為，多教會一個人，等於為自己多製造一個敵人，形同拿石頭砸破自己的飯碗。畢竟，撒下一粒麥仔，將繁衍無數的麥苗。不過，沒關係，你是遠從戰地金門來的，只要你有興趣肯學，好好用心跟我學，我願傾囊相授。」

於是，每天跟師父摸索在暗房裏，與底片、顯影液及定影液為伍。然而，當學徒和當學生，壓根兒就是兩回事。因為，當學生，假如你有疑惑不懂之處，老師一定盡其所能，不厭其煩地解說疑難，盡其「傳道、授業、解惑」的神聖職責，恨不得你趕快聽懂、學會。

可是，當學徒就不是那麼一回事，首先，工廠生產線，老闆經營事業「賺錢至上、交貨為先」，每一個操作步驟分秒必爭，不可能停機詳細作分解動作說明。

再說，照相與沖片機器設備極為昂貴，那是生財利器，絕非實驗品，若讓沒有經驗的學徒操作，萬一不慎損壞，不但賠不起，且將造成生產線停頓，所產生的損失難以估計。

尤其，古往今來，當師父的要傳授技術給學徒之前，必先經過一段相當長時間的考驗，認為「孺子可教也」之後，才願傳授手中的秘笈，大有「天將降大任於斯人也，必先苦其心志，勞其筋骨」的趨勢。

當然，學徒也不是那麼容易當的，而師父收用學徒，更不是隨便收的，明明有人刊登廣告徵求學徒，可是，應徵公司並非是「來者不拒」。諸如有一次：在報紙廣告欄裏，我發現一家彩色照片沖洗公司徵求學徒，地點就在租屋後面的街道，相距不到一百多公尺。我私下暗忖著，既然飄洋過海來台北學照相，白天在工廠實習照相製版之外，傍晚下班後，租屋裡既沒冷氣、也沒電視，總不能每晚蹲在舊書攤餵蚊子。

因此，自覺機會難得，希望能利用夜間去打工，兼學彩色照片沖洗技術，所以，按照廣告上的地址，我寫了一封信，表明有暗房沖片經驗，願意每晚六時至十二時，不計較酬勞當半年學徒，沒想到幾天後，收到的回音是：「六個月太短了。」

真的，想要當無薪的學徒，人家也不見得要，因為，一般工廠最怕的，就是技術外流。畢竟，工廠是專事營利的生產機構，不是學校，並非傳授技術的場所。

事實上，在我們實習的公司，也發生類似的問題，表面上老闆是樂意讓我們在公司裡實習，可是，卻害怕我們把機器搞壞，生產線停工，且為了節省材料，提高品質水準，所以，老闆曾叮嚀各部門師父：

「比較精密的儀器，不要讓金門仔操作；比較具技術性的工作，也儘量不要讓他們做。」

也許，我們得體諒公司老闆為生產績效與維護企業形象的苦衷，但我們飄洋過海到台北作短期訓練，目的就為學習專門的技術，若只做那些沒有技術性的工作，將來回到金門，如何讓生產線運作。

因此，唯有討好老闆，也討好師父，以實際的行動，來搏取人家的歡心。於是，早上公司是八點上班，我們每天大清早七點以前即進公司，從開大門，打掃內、外環境衛生，機器仔細擦拭、加油，並把當天的藥水調配好，把各項準備工作做好，等待師父來上班。

所謂「時間就是金錢」，天底下的公司行號，其存在的目的，就是為了營運績效，唯有公司營運有盈餘，才能永續經營。當然，我們受訓的公司，師父的主要任務是幫老闆賺錢，總是分秒必爭趕交件，因此，受訓其間，老闆希望我們幫忙做事，卻不希望浪費材料和延誤出貨，所以，一些關鍵性的工作，都不願讓我們碰觸。

事實上，工廠不是學校，學徒跟隨師父做事，只能在一旁偷偷觀察，心中有疑問，宜懂得觀看師父的臉色，不敢隨便發問，特別是暗房零光下作業，什麼也看不到，是以，我常常趁傍晚下班前倒垃圾之便，從垃圾桶裏把師父丟棄不能用的底片，偷偷地藏起來，再帶回租屋處詳加研究，仔細比較其感光濃度與階調指數，對照拍攝成功能曬版的底片，分別記錄能用與不能用的，其差異何在？

不可諱言，為了想學取技術，我們確實付出不少代價，難怪有人曾感慨地說：

「在家裏，從來沒有拿過掃把和洗過碗，想不到來台北當學徒，除了早晚要掃地，有時要跑好幾條街，為師父買便當和洗碗筷；善盡『有事，弟子服其勞』」。真的，若非秉承長官的期勉：「短期的受訓，只許成功，不許失敗！將為金門帶回一個彩色的世界」的重責大任。否則，真不願忍受種種委屈。

平時，我們在不同的工廠實習，星期假日，大伙兒齊聚到「台北市立工業學校」上課，教授曾不只一次期勉我們：

「印刷界有句名言：『機器一滾，鈔票一捆；機器一響，黃金數兩。』形容印刷是一門很賺錢的行業，強調目前日本和台灣許多大老闆，以前也和大家一樣，從學徒當起，技術學成出師之後，以一台機器做起，然後慢慢增加擴廠，賺了錢再轉投資，成為名號響叮噹的大老闆，所以，你們要好好地學，不要低估自己，也許，多年之後，有人將致富成為大老闆！」

或許，兒時我的頭特別大，很多人都喊我「大頭」。所謂「頭大有福」，所以，我的運氣非常好，先是在醫院學得X光照相，有了照相與沖片基礎，才能在報社考試中優先錄取照相工作。

更重要的是，到了台北之後，遇到的師父曾是先總統　蔣公的貼身侍衛，退伍後獲送到日本學最先進的彩色照相製版技術，除在《中央日報》上班，也獲聘在外面兼職技術指導，因而對戰地金門來的學徒，擁有一分特別的關愛，儘量避開老闆的耳目，讓我有更多的實際操作機會，使我在短短的五個月之內，將三年應學的東西，能按部就班地學了。儘管技術尚未臻至爐火純青的境界，但回到金門面對新的機器和廠房，有能力獨自開機作業，「彩色印刷廠」落成正式開工，即順利印出第一批十萬個「金門酒廠」的彩色包裝盒。

我常常想，在台北當學徒，能遇上一位好師父，應歸功於媽媽平日行善積德，只是，回到金門一年多了，每當回想起在台北的那段學徒生涯，卻依然彷彿是一場夢。

一九七七年十二月三日

紅樓書簡

——崗上聽濤隨筆之五

弟弟！你的來信，因俗務繁忙又給擱了半月餘；今晚，吃過晚飯，看完電視新聞之後；沏起一杯濃茶，點燃一捲蚊香，在寢室裏為你寫這封信。

昨天，又是一個難得的星期假日。「夜裏南風起，小麥覆壠黃，農人收麥忙！」大清早，從晨雞破曉，便隨同爸媽上山拔小麥，一直到日暮崦嵫，海上升起濃霧，才摘下斗笠，拂去額頭上的汗珠，拉起在田壠上啃草的黃牛，載回滿車一季收穫的喜悅。

「哥哥！快來看啊！飛機，很多的飛機。」

剛回到家門口，缺了兩棵大門牙的么妹，站在大廳門前，手足舞蹈，興高采烈地嚷著。

「什麼飛機，在那裏？」

滿臉塵垢，一身疲憊，蹣跚地跨進客廳的門檻。

噢！弟弟！原來是電視機的畫面，有很多的飛機，漆著鮮紅色的頭部，銀灰閃耀的機翼，啊！那是空軍教練機，孕育藍天勇士，造就航空英才的教練飛機，一整排停放在機坪上，崔苔菁載歌載舞，婆娑著、跳躍著，在飛機前引吭「我伴彩雲飛」。弟弟，那是華視綜藝節目「翠堤春曉」，在你們學校製作的節目。

我被迷住了，弟弟！我真的被誘惑住了，忘卻了在田裡忙了一整天，滿臉塵垢與一身疲憊，但是，弟弟！迷住我的，並非是崔苔菁那張笑靨，也不是她那婀娜多姿，仿若飛燕的翩翩舞步；而是那兩位頭戴白色的護盔，身穿橘紅色飛行衣，那威武、抖擻的精神，高唱「凌雲御風去，報國把志伸，遨遊崑崙上空，俯瞰太平洋濱……」的嘹亮歌聲，確實是令我胸膛血液沸騰，感奮之情，久久不能自己。

然而，真正令我迷惑的，卻是那眨眼的閃耀銀翼，那能翱翔長空，捍衛台海領空的巨鷹隊伍。弟弟！歡愉中的沉迷，時光似乎過得特別快，正看得起勁的當兒，忽然，畫面上崔苔菁的倩影，出現在雕塑著兩隻巨大飛鷹的凱旋門前，揮手道謝說再見了。

是的！弟弟，十分遺憾，從田裡回來較晚，所看到的，僅是節目的後半段。但看到閃耀的銀翼，那象徵「筧橋精神」凱旋門之時，弟弟！一些可資記憶的往事，又即刻一一在我腦海裏升起。

「滑翔機，滑翔機，真神奇，飛上天空去遊戲，飄東又飄西，碧綠長空千萬里，汪洋大海無邊際，訪一訪太陽的家鄉，探一探白雲的秘密……」

弟弟！可還記得嗎？小時候，當你從國語課本裏讀到「滑翔機」這一課時，你背得特別熟，成天朗誦，牙牙之聲終日不絕於耳；尤其，每次你看到國軍輕航空的偵察機出來巡邏，來回盤旋於金廈海峽的空際，你便拍著雙手，又叫又跳：

「滑翔機，滑翔機，真神奇，飛上天空去遊戲……。我們要跨過海峽，看看血污的故里；我們要衝破鐵幕，帶去反攻的消息。」

弟弟，你曾疑惑地問：

「故里是什麼？」

「故里，就是我們的老家，我們老祖宗居住的地方。」

「那麼，我們的故里在那裏呢？」

「木有本、水有源，追本溯源，中華民族乃黃帝的子孫，原來是一家人，發祥於中原，後來，歷代帝王以冊封或土地為姓，數千年來，隨著政治領域的擴張，天災人禍的遷徙，經濟環境的發展，降至今日，天涯海角，到處都有炎黃子孫，只是經不斷的演變，已分成近千餘個不同的姓氏，而我們『西河衍派』林家，係漢朝時代的郡名，相當於今綏遠鄂爾多斯這個地方。」

然而，我們的故里在哪裡呢？記得祖父生前常常說：

「我們的老家在對岸的泉州府，明朝末年，清兵入關，時局混亂，先祖逃難至浯洲——金門，即現在我們住的這個三面環山、一邊濱海的村莊，經過蓽路藍縷、生聚繁衍這一族人。只是，民國三十八年之後，『國、共』兩軍隔著金廈海峽大軍對峙，兩岸人民不能往來，站在我們家門口舉目西望，那一衣帶水的對岸，就是我們的故里，旦夕不能或忘的家園。」

童年，我們生在農村、長在農村，鄉下的孩子，上學讀書之外，早晚都得上山幫忙田間農事，牽牛或牧羊。而弟弟，每一次我倆結伴上山，一路上，你總是喋喋不休，又好奇、又好問：

「聽說有十重天、九層地，好人死後，可以升天堂；壞人死後，要入地獄，哥哥，現在我們是生活在哪一層？」

「從自然課本裡，我們略知宇宙十分浩瀚，雖然，人類太空科技發展，一日千里，登陸月球的壯舉一再地圓滿達成，但是，宇宙究竟有多大，迄今仍是一個謎。而在宇宙之中，有無數的恆星；每一個恆星，都有或多或少的行星，以太陽系來說，有九大行星和一大羣小行星，地球就是其中一個行星，我們就是生活在這個地球上。」

「那麼，我們沿著地面一直走，到盡頭時，會不會掉下去？」

「地方天圓，那是古老的傳說，自從麥哲倫繞地球航行一周後，證實地球是圓的，地平線沒有所謂的盡頭。雖然，地球繞著太陽高速運轉，但是，地球本身具有地心引力，人們不會被摔出去。」

弟弟！每一次上山，你對曠野的奧妙十分感趣，常常問這、問那，尤其，你看到枝頭上的鳥兒，更是欣喜若狂。你喜歡鳥兒五顏六色的羽毛、喜歡傾聽鳥兒那婉轉如串串銀鈴聲響的歌唱，喜歡鳥兒那振翅飛翔的動作。記得有一次，上山途中，一羣白頭翁，正逐食在懸於枝椏間被春雨滋潤的苦苓果，見我們走近時，便羣起驚飛。

「哥哥！小鳥為啥能飛？」

「小鳥有翅膀，所以能飛。」

「那我們人，為啥沒有翅膀飛？」

「人類的翅膀，已進化成雙手，是用來做事的；所以，若想飛翔，長大後去當空軍，可以駕駛飛機，就能在天空裏飛翔。」

「當空軍才能飛？」

幼小的心靈裏，烙下當空軍才能飛的夢想。

「長大後，我要去當空軍，才能飛上天」

平常，我最不相信冥冥中命運的安排，但是，弟弟！說來也奇怪，我們兄弟姐妹羣裏，小時候沒有不因蛀牙，常痛得捧著下顎徹夜哭泣，惟獨你一人能倖免，報考空軍官校時，在極為嚴格的空勤體檢，才沒有被刷下來。

也許，這是「有志者事竟成」的一番詮釋；也許，只能讓我們暫且迷信，這就是命運的安排，一個人將吃哪一行飯，命中早已註定好了。

弟弟！民國六十五年夏天，你從金門高中畢業，沒有徬徨、也沒有徘徊，毅然報名三軍官校，通過空勤體檢，經過學科考試，終於如願以償，順利地進入夢寐以求的空軍官校，去追求理想。

當然，現在才二年級，將來分科教育能不能更上一層樓，進入飛行班，繼續完成翱翔長空的宏願，尚嫌言之過早，但是，弟弟「世事豈能盡如人意，但求無愧我心」，這是母親時常勉勵我們的一句話，請你不要給忘了，只要時刻惦記著親友們對你的期許，也莫忘記前年八月十五日，你要南下岡山報到的那晚，在西門町那家叫「一條龍」的餐廳裏，跟哥一同在台北受訓的伙伴們為你舉杯的祝福，弟弟！一切以你最大的努力，奮勵向上，就可以了。

或許，我說得太含糊了，讓我說得更明白一些吧！真的，弟弟！我並不是對你存有太高的奢望，而是昨天在電視畫面上看到那些閃耀的銀翼，和象徵「筧橋精神」的凱旋門時，撩起胸中的一陣遐思，今夜燈下揮筆草此片簡，僅是寄語未來，假若有一天，你能更上一層樓，更進一步達成壯志凌雲，翱翔長空的宏願，那時，當你拉起飛行桿，飛行在天空，逍遙又快意，和雲一同飄浮，和鳥一同遊戲的時候，請你不要忘了，我們是在五十萬發砲彈下生長的，那一衣帶水的彼岸，是我們的故里，不遠的一天，我們要跨過海峽，帶去反攻的消息！

一九七八年六月六日

靜夜濤聲

——崗上聽濤隨筆之六

靜靜的夜，濤聲在窗外二十多公尺處的海灘澎湃。

弟弟！看完小野的《蛹之生》，痴坐在書桌前，整個思緒仍沉醉在那一幕幕緊扣心弦的情節，彷彿和作者一樣，看到一隻五彩豔麗的大蝴蝶，正掙扎地從一個褐色的蛹中擠出來，振動著剎那間由濕濡而硬挺的翅膀，以雷霆萬鈞的姿態，飛向那遙遠而無邊無際的蒼穹。

今夜，日曆逢「雙號」，前半夜是一個沒有炮聲的晚上；弟弟，同仁都已入睡，家鄉金門海邊的夜，僅存唧唧的蟲鳴，以及遠處田野的蛙鼓，伴在嘩啦嘩啦的濤聲之中。

捻熄燈，濃厚的黑幕立即籠罩房間的每一個角落；幸好，仲夏盈月的清輝，無羈地從窗櫺上投射進來，映落在床前，憑添幾許黑夜的靜謐和沉寂。

靜靜地躺著，聆聽著澎湃的潮音，思緒起伏著：

「哥哥！這次返鄉，發現您似乎比以前消沉了一些。也許，這是年歲的滋長，生命的歷程，時間促使你成熟；也許……」

弟弟，今天下午，我仍和往常一樣，摸索在沖片暗房裏，忙著每日的俗務，突然，同仁在輕扣緊鎖的門板喊我有信。弟弟！沖完底片出來，一封筆劃方正剛毅的信札平躺在桌上，一看就知道是你的來信，順手拆開，展讀之餘，倏地裏，胸臆間逐漸激盪著一股淤積已久的感觸，彷若一道傾瀉的瀑布無羈地奔放。

人之所以會有困擾，便是常把個人的得失擺在第一位。

弟弟，剛才在小野的那本書中，我領悟了這麼一句。也許，生命的本身，真的是一種無休止的挑戰和艱苦的累積，生存的每一天，都必須發揮上蒼賦予的意識和能耐，堅強地接受環境中大大小小的挑戰，只有勇往直前，沒有畏縮，才能一步步向前邁進。

其實，生長在烽火漫天、苦難流離的戰地，身為有血、有肉的青年，照理說，應該用雙肩和雙手，負荷起大時代的重軛，扭轉歷史的輪軸，然而，不幸地，不久前，遭遇一點小挫折，對未來信心動搖，我承認是比以前沉默了。

然而，弟弟！終究我倆是親兄弟，實在沒有什麼好隱諱的，因此，我將明白的告訴你，消沉不是消極，沉默不是退怯。

還記得去年五月，我毅然辭去醫院的工作，與報社簽了五年「賣身」合約，因為，報社送我們到台灣受專業訓練，回來後得服務滿五年才能離職；而且，前六個月在台北當學徒期間，報社不支給薪水，僅補貼四百元生活費，在繁華的大都市，區區四百元連租個棲身的床位都不夠，六個月後以「約僱技術員」任用支薪，每個月大概可領兩千三百多元。

認真的說，這樣的工作條件，待遇並不優渥，然因我不是學醫的，醫院非我久留之地，能夠學習新的專業技能，所謂「良田百畝，不如薄技隨身」，所以，我甘於辭去醫院更高的待遇，離鄉背井當學徒。

何況，報社是文化事業單位，比較適合我的志趣發展，新籌建的彩色印刷廠，準備將傳統簡陋的鉛字活版印刷，升格進入平版彩色印刷境界，目的除為趕上時代潮流，服務地區工商業。更重要的是，將藉以提升戰地文化水準，弟弟！能躬逢其盛，參與這項歷史任務，那是千載難逢的大好時機，你說是嗎？

於是，我與其他九位考試錄取者，一起搭乘軍艦到台灣當學徒，從擦機器、洗地板幹起，飽嚐異鄉學徒的辛酸。經過五個多月實習之後，懷著滿腔熱誠和希望，回到自己的家鄉，再從搬運機器安裝、設計工作檯桌，到試車開工，順利印出第一批十萬個「金門酒廠」的彩色包裝盒，讓金門跨入彩色世界，成果備受長官的肯定。

本來，報社「彩印廠」成立之初，一共招考十五人，其中十名為「技術員」，赴台分別接受照相、製版、印刷和壓型等專業訓練，其餘五名為「技工」留在報社，待「技術員」受訓回來當助手。換句話說，依建廠的規劃招考的技術員與技工，基本任務有別，而且，支薪縣府也有明確準則依據，可是，當我們結束學徒生涯，正式依約以「技術員」支薪，恰巧籌劃建廠的社長與人事員皆已榮調，新來的人事員將「技工」部份薪水調高三級，形成「學徒」領的薪水，比「師傅」還高，同列在一張公文上發布，明顯不合情、也不合理。

因此，有一天早上簽到的時候，我持該紙公文請教人事員：

「『技工』提高三級任用，『技術員』是否可比照辦理？」

「不可以？」

「為什麼？」

「這是『人事保密』，不可說。」

「蔣院長推行『四大公開』，人事公開就是其中之一，為什麼不能解釋？」

「我說不能解釋，就是不能解釋！」

當然，這是我們十位一起赴台受訓「技術員」的事，大家憤憤不平，所以，推派包括我在內的三人代表，一同面見社長：

「報告社長，『學徒』的薪水比『師傅』高，明顯不合情理？」

「是明顯不合情理，但我剛從台灣調過來，到底是什麼原因，我也不清楚，你們去請教人事員，說是我的意思，要解釋清楚。」

離開社長室後，我們轉往人事室：

「針對這張公文的疑義，社長指示請您給予簡單、明確的解釋。」

「已經告訴你們，這是『人事保密』，不能解釋，就是不能解釋，還聽不懂嗎？」

弟弟！話得從頭說起，民國三十八年國軍兵敗如山倒，大陸河山風雲變色，直至十月廿五日在金門「古寧頭一役」打了勝仗，才扭轉乾坤、穩住局勢，十幾萬國軍戍守在島上枕戈待旦，官兵晨起或晚點名，都要高唱「反攻、反攻、反攻大陸去；反攻、反攻、反攻大陸去！大陸是我們的國土，大陸是我們的鄉親……，我們要反攻回去，把大陸收復。」

雖然，在「一年準備，兩年反攻，三年掃蕩，五年成功」的號召下，國軍仍未能反攻收復大陸失土，繼續在金、馬、台、澎整軍經武。因為，金門沒有被共軍「解放」，與大陸「鐵幕」只有一水之隔，號稱是「自由的燈塔」、「反共的堡壘」，國民政府準備將把金門建設為「三民主義的模範縣」。

也許，弟弟，你應該還記得，小時候村子裡很會罵人，滿口「馬個B」，隨時可抓人去關禁閉的「村指導員」，他們泰半是在軍中混不下去退職下來的「丘八」，由於普遍聽不懂閩南話，我們暗地裡都叫他們為「北貢」，意思差不多是來自北方，窮凶惡極、不講情理的人。

原來，自民國四十五年開始，在金門施行「戰地政務」實驗，成立「金門戰地政務委員會，「金門防衛司令官」兼任主任委員，島上無分軍民，黨、政、軍在其一元化的領導下，司令官一句話就是命令、就是「特別法規」，人人遵行，包括金門縣政府，也隸屬「政委會」指揮監督，因此，縣政府許多公務員係軍職或退伍軍人轉任。

畢竟，國軍一時無法反攻大陸收復失土，來自大江南北的官兵有家歸不得，同樣淪落異鄉為異客，許多「老鄉見老鄉，兩眼淚汪汪！」也因此，許多在位的老鄉，會特別照顧老鄉，連許多在軍中出紕漏的老鄉，退伍之後也都獲得安插職位，形成上下連貫、縱橫一體，所有的重要職位，都是「北貢」的天下，於是，少數不肖之徒，仗著「官威」盛勢凌人，不在話下。

當然，弟弟！聽不懂閩南語的「北貢」，不全是壞蛋，絕大多數算是「勤政愛民」，我們不能「一竿子打翻一船人」。然而，就是有少數的「害群之馬」作威作福，罵人如罵狗，讓人深惡痛絕。

事實上，金門雖沒有被共軍「解放」，但居民長期生活在軍管下，有時沒有什麼對不對，只有長官高不高興，就像報社新到任的人事員，正是從軍中退下來的，處處以「人事官」自居，孰不知經國先生出任行政院長，致力行政革新，訂頒「行政機關推行四大公開實施綱領」，包括經費、人事、意見、獎懲等四大公開。

尤其，公務員是人民的公僕，而人事管理員以服務公務員為天職，可以說是「公僕中的公僕」，可是，一般單位的人事員，均兼任單位裡的「安全官」，除了手操升遷、考評生殺大權，更握有一把「忠誠思想」考核的利劍，可以殺人不見血，是以，不少人事員處處以「官」自居，要特威、搞圈圈，騙吃、騙喝，員工敢怒而不敢言。

弟弟！你是知道我的個性，遇到類似蠻橫不講理的「官」，我是嚥不下那口氣，草擬一封「法令釋疑」的陳情信，超過一半以上赴台受訓的同仁一起簽名，同時，再另行影印一份，檢附那紙支薪公文，分別回執郵寄縣府人事室與行政院人事行政局。

陳情信寄出的第三天早晨，我和往常一樣進入行政室簽到，人事「官」即指著我怒斥：

「你們聯名誣告『縣長』，後果自行負責！」

「沒有呀！我們只是共同詢問人事法規疑義。」

「我是縣長派來的，你們誣告我，就等於誣告縣長。」

「哈哈！笑話！」

我差一點就笑出聲，弟弟！當時的情景，特別是「人事官」那句「誣告縣長」，確實讓我覺得很可笑，我真的差一點就笑出聲，趕緊摀住嘴巴，迅速走出行政室。心裡暗忖著，寄出的陳情信，縣府人事室大概是收到了，應該是產生某種程度的效應，他可能是遭到上級的指責，才會氣極敗壞。

當然，弟弟！我也知道在軍管體制下，聯名越級報告是犯了「大忌」，可能面臨懲處，但深信還不致於淪為「誣告縣長」的滔天大罪，反正，信也已寄出去，所謂「人為刀俎，我為魚肉」，要殺、要剮，只得坦然面對，任憑處置了。

或許，一起「聯名釋疑」的同仁，與我一樣遭到恫嚇，連續多日，人人噤若寒蟬，每天上、下班簽到，大家進出行政室，沒有人願多看「人事官」一眼，唯獨我，每次都狠狠瞪他一眼，以不屑的眼神告訴他：

「別人怕你，邪不勝正，老子才不怕你！」

時光匆匆，兩個星期之後，有一天午後，總編輯差人喊我，要我立即去見他，直覺事有蹊蹺，於是，我捏手捏腳，小心翼翼地踏進編輯部，總編輯劈頭直問：

「你們為什麼聯名向中央告狀？誰主導的？」

「報告總編輯，是我主導的，但我們沒有聯名告狀的意思，而是請求『法令釋疑』。」

「有事情，不循正常管道申訴，你們知不知道，聯名上陳是地方『大忌』嗎？」

「我們先請人事官解釋，他說那是『人事保密』不可解釋，後來也請示過社長……」

「好啦！不要再說了，事情已經發生，上級會有什麼樣的處分，靜待處置，千萬記得，不可再犯！」

本來，我知道金門是戰地，郵局是「軍郵」，為恐官兵書信「洩密」，所有寄出金門的信件，全部都要經過詳細檢查，所以，弟弟！「聯名釋疑」的信，我寫得非常簡單扼要，並非揭露長官弊案或談論時政，僅僅是檢附那紙支薪人令，就其中薪資差異疑義，請求給予簡單正確的解釋，但仍直覺郵寄行政院人事行政局的信，一定會被安檢人員攔下，能寄出金門的機率很小。

豈料，幾天後，「人事官」被記過兩次，並調離報社。至於我們聯名越級陳情的事，到底會獲得什麼樣的處分，尚在未定之天。

是的，弟弟！這些日子，正為了這些瑣事心煩，意識是比較消沉，也比較沉默，很感謝你的關懷，但容我囉嗦再說明：消沉不是消極，沉默不是退怯。雖然，遭受長官的責罵，特別是滿腔熱忱想發揮所學，服務報社、貢獻地方，卻迎頭被潑一盆「不合情理」的冷水，面對未來還有四年半合約不得離職，心頭難免充滿著恐懼，但是，有信心不會輕易被擊倒的，照樣會努力的上班工作，不會頹志喪氣；相反地，將更加奮發充實自己，因為，我堅信：「命運是掌握在自己的手中，形勢是客觀的，力量才是主觀的。」

夜更深更靜，濤聲仍在窗外二十多公尺處的海灘澎湃……。

一九七八年九月三十日

尚卿夜未眠

——崗上聽濤隨筆之七

晚飯後，我沿著報社大門右側的田間小路散步，佇立在海邊的岩石上。落日的餘暉，自西方雲端傾瀉在料羅灣海面，散發出粼粼波光；約有五、六艘成功村的漁船，一艘接一艘成縱隊頂著風浪出航，準備到東碇海域夜捕馬加魚。

成功村，古時候稱「尚卿」，是一個靠海的漁村；幾百年來，村子裡的男孩出生後，七、八歲就被帶到船上，腰間綁條繩子拴在船舷上，開始與大海搏鬥，和父、兄學習在波濤起落間隙討生活，代代衣缽相傳。

或許，由於是陳姓族裔聚居在太武山南麓的山凹，所以，一般人習慣稱「陳坑」；民國三十八年國軍退守金門之後實施「戰地政務」，於四十九年將島上行政區重新劃分，「陳坑」被劃歸於金湖鎮正義村，改名為「成功」。

屈指一算，我來到陳坑村的「正氣中華報社」與「金門日報社」工作，已逾一年了。事實上，兩家報社是一體，發行人同為「金門戰地政務委員會」秘書長，社長則為軍職政戰上校；兩報唯一的差別，在於《正氣中華報》對防區官兵發行，而《金門日報》則對島上民間發行，但依戰地保密規定，兩報皆「禁止攜帶出境」，旅台金門鄉親也不能訂閱，因為，據說對岸的敵人高價收購，進行情報蒐集。

事實上，《金門日報》源自於《正氣中華報》。緣起於民國三十八年初，胡璉將軍於江西南城，將十八軍發行的《無邪報》，改名為《正氣中華報》，作為部隊教育訓練之用，隨後因大陸淪陷，報社隨軍輾轉播遷來金門，社址暫寄於水頭村的「酉堂」，三個月後遷到金城北門。

民國五十一年成功崗上的「金門廣播電台」遷往塔后，遺址房舍撥交「正氣中華報」使用，又增築地下排版房和機印房；民國五十四年，以同樣的人員和設施創刊「金門日報」，成為「兩報一體」，在敵人的炮火下，同時對戰地軍、民發行，每天將最新的消息，傳送到島上的每一個角落，鼓舞軍民士氣，激勵同島一命保鄉衛國。

民國六十五年，繆綸出任社長，為提升戰地文化水準，擴大服務金門民間工商業，爭取投資成立「彩印廠」，在徵才考試中我幸獲錄取，到台灣受訓後回到「成功村」，正式加入報社工作團隊，而且，至少要任職滿五年，才能另謀他就。

認真說，金門是戰地，國、共兩軍隔海重兵對峙，曾先後爆發「古寧頭大戰」和「八二三炮戰」。特別是一九七一年十月二十五日「聯合國」第二七五八號決議案，通過「恢復中華人民共和國在聯合國組織中的合法權利」，意即由中共取代中華民國政府在聯合國的席次，因此，我國代表團本於漢賊不兩立的立場，及維護「聯合國憲章」之尊嚴，毅然宣布退出「聯合國」；國、共戰線延長到海外，聯合國席次之爭，中共贏得暫時的勝利，中華民國政府黯然退場，兩岸關係因而空前緊張，戰爭有一觸即發之勢。

當時，金門島上無分男女，均納入民防自衛隊組織，配合軍方各項演訓，預防敵人蠢動時時備戰，連金門高中的學生，也處於半停課的狀態，人人配發槍枝，每天下午由軍方派出助教，帶往下埔下一帶山坡，進行單兵、班、伍、排攻擊教練，全島軍民同仇敵愾，擺出「毋恃敵之不來，恃吾有以待之」的陣仗，準備迎接敵人的挑釁，為保鄉、保土和保命而戰。

當然，以金門的地理位置及國家的處境，確實是到了「退一步即無死所」的境界，所以，為了生存「一切為作戰」，平時除了加強人員戰技演訓，各項設施也儘量地下化或加以迷彩偽裝。

尤其，夜間加強燈火管制，以減少目標暴露，規定各家戶照明燈，要加裝黑色布幔遮光罩，嚴禁燈光外洩；同時，無分軍民車輛，頭前燈上半部須膝黑，違者處以罰款或服勞役。所以，入夜之後，金門島上一片漆黑死寂。

然而，全島唯獨「尚卿夜未眠」；因為，陳坑村有「正氣中華報社」和「官兵休假中心」，夜間依然燈火通明、熱鬧非凡。

先說「正氣中華報社」，由於報紙全年出刊，無分風雨陰晴，也無分年節假日，因此，每天傍晚時分，採訪記者騎著摩托車，陸續回到報社撰稿，編輯部開始忙碌起來；隨後，編輯、撿字、排版、校對和印刷的人員，依序一批批進入掩體或地下室，一棒接一棒地完成份內的工作，然後，又一批批下班。然由於夜間實施宵禁，除住成功村的員工，其餘幾乎「以社為家」，留在社內宿舍過夜。

報紙出版，先由記者撰稿，經過編輯審核發稿，交由撿字員排版，並經初樣和小樣的校對，最後，組成整版大樣，經總編輯看後簽字，才能上機印刷；這個時候，天也快亮了，送報生陸續來到，將一捆捆印好的報紙搬上車，迅速揚長而去，把最新的消息分送到讀者手中。換言之，報紙出版係夜間作業，每個黑夜來臨，成功崗上的「正氣中華報」不打烊。

其次，與報社一牆之隔，在「金門日報」正門的下方，有一幢建於民國十年的歐風式洋樓——陳景蘭大樓，矗立在海邊，歷經五十個寒暑歲月，訴說著華僑「落番」打拚的辛酸，饒富傳奇故事。

話說「陳景蘭山莊」的興建，緣起於金門地靈人傑，明、清兩代先後出了四十三位進士和一百三十多位舉人；甚至，今太湖畔榕園濃蔭下的那幢四合院——慰廬，是明朝國子監助教洪受的故居，正是西洪村的遺址，當時全村「人丁不滿百，京官三十六」，由此管窺島上文風鼎盛，人文薈萃，村村有人中舉在朝為官，不在話下。

舉例而言，與陳坑村一路之隔的小夏興人陳顯，曾於明太祖洪武五年京試登魁，成為金門殿試中舉的第一人，有金門「開科第一」之美譽。甚至，與陳坑發生械鬥、誓不通婚的瓊林村，曾有蔡貴易、蔡守愚、蔡獻臣、蔡國光等人，先後「中舉」在朝廷當大官，威赫不已。然而，唯獨陳坑村的孩子，沒有機會讀書識字，個個都是打漁郎，無人能在朝為官。

清光緒七年，陳坑村誕生了一個叫陳景蘭的男丁，他有機會到后沙村親戚家讀書識字，飽讀詩書之後，領悟到陳坑人一直都不能出人頭地，最大的原因在於孩子沒有讀書，每一次回到陳坑村，看到同年齡的玩伴一個個搖櫓出海，無不感慨萬千。清光緒廿六年，陳景蘭準備進京趕考，巧逢「八國聯軍」攻打北京，因而打消「學而優則仕」的念頭，轉而立志遠赴南洋求發展，誓言要賺很多錢回家鄉蓋家校，聘請最好的老師，讓陳坑的孩子能夠有書讀，將來才能出人頭地。

於是，陳景蘭拎著小包袱，搭船經廈門「落番」到南洋，經一個多月「孤蓬萬里征」的海上航行，終於到了人生地不熟的英國殖民地——新加坡。

幸好，陳景蘭曾讀書識字，不必去當苦力，在一家叫「金福和」的貿易行，找到一份管帳的工作，一方面生活節衣縮食，另方面精研生意竅門，探討生財之道，幾年之後，開始自立門戶，由小本生意作起，發揮金門人吃苦耐勞的精神，歷經十多年的努力，小本買賣生意，搖身一變成大貿易商，且兼營輪船運輸業務。

陳景蘭終於發了，為了實現當初許下的諾言，特兩次專程返回故鄉，尋覓購買土地，自大陸進口磚瓦石材和引進工匠師傅，歷經四年構工大樓落成，陳景蘭返鄉親自取名為「景蘭山莊」，並在右後方側門牆壁上書寫著：「民國十年，余望後輩當念建業艱難」。並自廈門鼓浪嶼聘請最好的老師，讓全村的孩子免費讀書，因此，頓時整個漁村處處書聲朗朗、弦歌不輟，陳景蘭實現回饋桑梓、造福鄉里的夢想。

民國廿六年，日軍大舉侵華，登陸金門時占據「陳景蘭大樓」，做為大隊部和醫院，不時有車輛和駿馬出入，但門禁森嚴，日本鬼子在裡面幹什麼，沒有人知道。民國三十四年日軍戰敗投降後，「陳景蘭大樓」總算回到陳坑村民的懷抱，可是，民國三十八年國軍退守金門，又將大樓當成野戰醫院，尤其，「古寧頭大戰」一役，終日傷兵進進出出，直到「尚義醫院」落成，大樓才結束當作軍醫院。

民國四十三年「九三砲戰」，金門高中三位老師不幸中彈身亡，因此，高中部和初中部數百師生，舉校遷避陳坑村，就以「陳景蘭大樓」為校本部和學生宿舍，來自金門島上四面八方的學子聚集陳坑，讓大樓成為金門最高學府，直到四十七年「八二三砲戰」爆發後，學期開學註冊前，學生被緊急通知前往新頭碼頭集合，全校師生搭艦遷避台灣，分到全台所有省立中學就讀。

金門高中師生遷台後，「陳景蘭大樓」並沒有閒著，「金防部」在大樓成立「官兵休假中心」，提供戰地官兵前來休假，每期約一百多人，為滿足休假官兵需求，軍方也大興土木，加蓋許多宿舍和康樂活動場所，因此，大樓前方的「金湯公園」濃蔭蔽天、濤聲迴盪，讓許多中外賓客留連忘返。

尤其，每年寒、暑假，島上官兵停止休假，改辦「金門戰鬥營」，全國菁英學子聚集大樓。也因此，附近商家應運而生，商店櫛比鱗次。因為，休假官兵或戰鬥營學員，白天搭乘軍用大卡車外出暢遊風景點，晚上回到「休假中心」，爭相購買特產，或品嚐地方風味小吃。因此，陳坑街道熱鬧非凡，成了不夜城。值得一提的是，康樂廳每天晚上與金防部的「擎天廳」，以跑片的方式，與台北同步播映首輪電影，成為休假官兵和戰鬥營學員的最愛，場場觀眾爆滿。

由於報社與「休假中心」的康樂廳僅一牆之隔，平日報社有重大會議，皆借用康樂廳召開，畢竟，報社也同屬「金防部」政戰單位，可以說是一家人，所以，報社員工看免費「勞軍電影」，亦是理所當然。

只是，陳坑村因「休假中心」經常燈火通明，而且，報社是文宣重地，所以，雙雙成為共軍砲擊的目標，每個「單打雙不打」的晚上，常成為共軍炮擊的「人身活靶」，但習慣成自然，炮聲聽多了，也就不會害怕，因為，大家早已有心裡準備，隨時身首異處、淪為硝煙下的冤魂。

一九七八年十月十一日

又是單日晚上

——崗上聽濤隨筆之八

傍晚時分，太陽才西沉入海，暮色剛籠罩大地，對岸向金門島轟擊的炮聲，便開始忽遠忽近、此起彼落地響在耳畔；生活在島上的軍民一聽到炮聲，不必看日曆，大家已警覺到——又是「單日」晚上了，應隨時準備躲防空洞。

自從台灣受訓回到成功崗上「正氣中華報社」上班，屈指一算快一年了，由於機車管制進口，想買一部新機車，得先買一部淘汰車的牌照，總價近十萬元，而我月薪才兩千三百多元，買車的夢想遙不可及，所以，傍晚下班回不了家，夜間只得暫宿寢室。

因為，「正氣中華報社」是軍方的文宣重地，直屬於「金門戰地政務委員會」，社長、總編輯及重要幹部皆為軍職，所發行的報紙在戰地扮演著「激勵士氣，穩定軍心」的角色，因而成為共軍炮擊的重要目標，所以，夜宿報社一年多，特別能感同身受「單打雙不打」的恐怖。

畢竟，短短一年光景，社區已落彈多次，包括社長室也曾被彈頭直接擊中，屋頂被貫穿一個大洞，幸好，幸運之神長相左右，同仁皆毫髮無傷，每次均只是一場虛驚，真可謂是「不幸中之大幸」！

事實上，所謂「單打雙不打」，那是「國、共」兩軍於民國四十七年八月二十三日傍晚爆發一場大炮戰，彼此以各型火炮毀滅性地轟擊對方，纏鬥四十四天之後，在沒有面對面簽署文字協定，僅靠「隔空喊話」，敵對的雙方默認遵守「單日炮擊、雙日停火」的君子之約。

當然，「單打、雙不打」，按照字面上的解釋，是「單日炮擊、雙日停火」，但是，更進一步認真的說法，則是「雙日一定不打，單日不一定打」。然而，日曆上的單、雙日，其分界點在午夜凌晨時分，也就是每個黑夜，都有「單日」，只是前半夜與後半夜之別。

打個比方說，若是「單日」在前半夜，夜幕一低垂，共軍的炮宣彈，隨時從廈門、蓮河、澳頭、圍頭等方向呼嘯而來，所幸一般人普遍尚未上床就寢，聽到炮聲近了，趕快躲防空洞或進入地下室掩避，可把傷亡減到最低。

相反地，若是「單日」是在下半夜，每每「雙日」零時過一分，即成為「單日」，共軍的宣傳炮彈即飛越海峽，肆無忌憚地轟擊目標。而這個當兒，居民十之八九處在睡夢之中，很多人不幸被突如其來的炮彈擊中，身首異處成硝煙下的冤魂，去到陰曹地府向閻王爺報到時，究竟是怎麼死的，恐怕也無法交代清楚。

一般而言，「單打雙不打」時期的炮擊，對岸共軍向金門島發射的炮彈，絕大多數是「宣傳彈」，每個目標轟擊四至六發，然後轉向下一個目標。如果「單日」是在前半夜，通常是轟擊到午夜十二點之前結束；如果「單日」是在下半夜，則轟擊到東方天際發白方歇。

所以，若是寒冬凌晨突然遭炮彈轟擊，成年人為了保命，沒有人敢賴床，絕對是一骨碌從床上躍起，哪怕是來不及穿衣保暖，趕緊躲防空洞保命。可是，倘若家裡有行動不便的老年人，或十來歲的孩童睡熟了，抱又抱不動，眼看著下一發炮彈又將來襲，命危在旦夕，親人面臨生死交關，無不痛罵共軍炮兵深夜炮轟，實在是慘無人道。

也許，有人要問什麼是「宣傳彈」？簡單地說，所謂「宣傳彈」，就是以榴彈炮的大彈頭，膛內有兩片弧型鋼片，合成一個圓筒，筒內塞滿宣傳單，炮彈發射之後，彈頭攻擊目標前臨空爆炸，膛內弧型鋼片圓筒與彈頭分離裂開，宣傳單隨風飄落，達到攻擊破壞與心戰宣傳「一石兩鳥」之目的。

記得唸小學的時候，雖是「八二三炮戰」後的七、八年，但是，兩岸關係依然劍拔弩張，為配合推行「仇匪恨匪」教育，訓導主任經常在朝會上痛罵「共匪」專制暴政，搞「文化大革命」，實行「人民公社」，讓大陸同胞吃不飽、穿不暖，生活在水深火熱之中。

所以，要求學生凡是撿到敵人的宣傳單，要做到「不看、不傳、不藏」三原則，趕快繳交給級任導師或訓導處，可獲得記功、嘉獎。而且，每學期都有「保防教育週」，學校除了舉辦保防演講、歌唱、書法與壁報製作比賽之外，還有一項撿拾宣傳單比賽，繳交數量最多的前三名，可獲得校長頒發獎狀與獎品的表揚。

其實，當時金門島上，無論是村郊或野外，到處可見到宣傳單，大部份是共軍以炮宣彈打過來的、也有少部份利用風箏、氣球飄送；同時，也有許多是我方的心戰傳單，因為，在太湖畔有一座心戰基地「光華廠」，常常利用黑夜掩護，對大陸大量施放高空飄氣球，載運反共宣傳單和宣傳品，據說最遠可飄到新疆、蒙古一帶，因在大陸內陸常常出現「反共傳單」，驚動中共中央，遂下令出動米格機攔截。

因此，為避開米格機攔截空飄氣球，心戰基地「光華廠」常常利用黑夜掩護施放氣球；然其中部份升空後不久，因氣候或其他因素爆裂，宣傳單和宣傳品隨風散落在金門島上，因此，路上撿拾到宣傳單，如果不仔細看，確實難以分出是那一方的宣傳單。

值得一提的是，儘管學校老師以記功、嘉獎或獎品，鼓勵學生撿拾「共匪」宣傳單，但是，效果似乎並不理想。因為，記功、嘉獎或獎狀，對課業上沒有實質效益；同樣的，獎品也僅區區少量牙膏或肥皂，除非是常很拚命撿拾，繳交數量擠進前三名才可獲獎，否則，就等於做白工，對學生產生不了實質誘因。

或許，「人同此心，心同此理」，小學生也很聰明，因為，若要撿拾宣傳單，去換取記功、嘉獎，倒不如用心挖炮彈頭，因一顆完整的彈頭，可賣二十餘元，而小學生一學期註冊學雜費才十元左右，一年之中，只要挖到一顆炮彈頭，就足以繳交一學年的學雜費；再不然，用心撿拾炮彈片，鋼鐵可賣錢，也可兌換麥芽糖或冰棒解饞，最是經濟實惠。

再說，若為了領取獎品，也大可不必去撿拾宣傳單拚名次，因為，我方飄送的高空氣球，所吊掛的承載箱，除了有大量宣傳單，其中也包含許多宣傳品，通常是包裝袋印有「青天白日滿地紅」國旗的餅乾口糧、T恤、香皂等日用品。

所謂「早起的鳥兒有蟲吃」，有時清晨上山，若發現田野有心戰氣球散落的宣傳品，只要循線四處尋覓，常常可撿到一籮筐的宣傳品帶回家，而且，那些本來要空飄到大陸的宣傳品，目的為關懷水深火熱中的同胞，金門民眾相信不會有毒，可以安心食用。

事實上，金門與大陸一水之隔，自古以來歷史淵源流長，兩地人民血脈相連，語言、與風俗習慣相同，素有地緣相近、血緣相親、文緣相承、商緣相連、法緣相循等「五緣」之親。民國三十八年以前，兩地人民可以自由往來，豈料十月二十五日「古寧頭大戰」一役之後，國、共兩軍隔海對峙；民國四十七年八月二十三日傍晚六時許，共軍突然集中各型加農炮和榴彈炮，同時向金門島展開全面性的猛烈炮擊，短短兩個小時之內，金門島一百五十二平方公里的彈丸之地，共計落彈四萬餘發，當日總落彈量更高達五萬七千餘發，幾乎把每一寸土地都打翻了，造成軍民傷亡慘重，房屋毀損更是難以估計。

「八二三炮戰」開打之後，驚動中外，引起國際媒體關注，九月二十六日當天，國外記者團一批，從料羅外海搭乘兩棲登陸小艇，準備搶灘登陸金門採訪炮戰新聞，不幸在途中遭共軍炮彈擊中翻覆，有六名記者罹難，僅日本共同社記者奧戶忠夫游泳上岸、《青年戰士報》記者則落海，在海上漂流三十個小時後幸運獲救。

炮戰一直延續到十月五日，總計四十四天之中，金門島落彈超過四十七萬發，共軍封鎖金門策略顯然失敗，加諸國軍獲美援二十四吋巨砲，成功自料羅搶灘上岸，對大陸炮陣地展開還擊，巨炮威力驚人，共軍受創慘重，因而以「基於人道立場，對金門停止砲擊七天」為理由，宣布「停戰一週」。

十月十三日，共軍又再宣布停火兩週，繼而於十月二十五日，透過廣播宣布「單打雙停」；迄今二十年來，幾乎每逢「單日」，共軍必向金門發射宣傳彈，炮彈由小而大，威力逐漸增強，讓金門島成為共軍火炮的試驗場，無辜的居民淪為「解放軍」炮兵瞄準的「活靶」，釀造了難以計數的人間慘劇，這是金門的不幸，也是中華民族的悲哀！

今夜，用過晚餐，本可一面看書閱報，聆聽濤聲迴盪，享受一個靜謐的夜晚，只可惜，太陽剛西沉，對岸已傳來轟隆轟隆的炮聲，忽遠忽近、此起彼落在耳畔交織，經驗提醒我，又是「單日」晚上了，身在成功崗上的報社裡，得提高警覺隨時準備躲防空洞，以免淪為硝煙下的冤魂。

一九七八年十一月五日

我著迷彩服

——崗上聽濤隨筆之九

午後二點，太武山的警報器突然嗚嗚響起；緊接著，報社相鄰的正義村公所，警報鐘也跟著咚咚作響，為期三天的「全島大演習」號角正式響起。

我立即放下手邊的工作，換上迷彩服，到軍械室領取步槍、鋼盔和Ｓ腰帶，全副武裝加入戰鬥演習的行列！

當然，生活在戰地金門，經常會遇上各種不同類型的演習，有全島交通管制的戰鬥大演習、有高級外賓蒞金管制漁蚵民下海的「高賓演習」、有最高領袖蒞金的「祥和演習」、有抓逃兵的「雷霆演習」……，特別是類似的「全島大演習」，幾乎是每年都會舉行的例行公事，對生活在島上的軍民來說，一點兒也不覺得新鮮，也一點都不好玩。

因為，每次「大演習」之前，必先在社區內、外有利的位置，挖掘防禦散兵坑，以及在屋頂上和大門口堆置狙擊沙包，還要善加偽裝，常常是累得人仰馬翻，待一切準備就緒，接受上級檢查合格之後，便開始等待警報號角響起，展開「保鄉保土」大作戰演訓，模擬遭遇敵人空襲、空降、炮擊、或毒氣攻擊等緊急應變措施。

事實上，金門與大陸距離只有兩千一百多公尺，國、共兩軍隔海對峙劍拔弩張，二十多年間曾爆發多起重大軍事衝突，包括「古寧頭大戰」和「八二三炮戰」，金門島群一百五十餘平方公里的土地，總計落彈九十七萬餘發，金門人成為共軍砲兵部隊的「活靶」，生命沒有尊嚴，財產也沒有保障，無數的人家破人亡，無數的人流離失所。

而且，隨著國際形勢的演變，邦交國與聯合國席次的爭奪，兩岸緊張關係緊繃，隨時都可能再發生戰爭，尤其，對岸共軍「福建前線廣播站」，對金門軍民的每一則心戰喊話，最後都會套上一句：「台灣是中國領土不可分割的一部份，我們一定要解放台灣」。

說得更明白一點，共軍聲聲恫嚇要「解放」的「台灣」，正是仍高插「青天白日滿地紅」國旗的「台、澎、金、馬」復興基地，金門就是最接近的目標。畢竟，所謂的「解放」，就是動用軍事武力攻擊占據，勢必造成嚴重傷亡，金門人過去深受炮火蹂躪，所以，一聽到「解放」，就等於聽到要「戰爭」、等於面臨「死亡」，如何不膽顫心驚？

尤其，民國五十七年，正值「八二三砲戰」十週年，謠傳「中共將再度炮擊金門」，因為，國軍一再宣稱「八二三炮戰勝利」，共軍面子實在掛不住，企圖藉機報復討回顏面。

是以，金門島上軍民極積備戰，軍方擴大炸山洞、打坑道、築碉堡；民間也稟承最高領袖　蔣總統「時時備戰，日日求新」的訓示，於當年的九月在各村落成立「戰鬥村」，每一個自然村派駐一名「戰鬥村警員」，要求貫徹「村村是戰鬥堡、人人是戰鬥員」，動員自衛隊員在各村落挖戰壕地道，構築防禦兩用堡，使每一個村落成為一個戰鬥點，全島構成一個戰鬥群體，以「毋恃敵之不來，恃吾有以待之」，準備隨時給予進犯的敵人迎頭痛擊。

除此之外，民國六十年中華民國政府退出「聯合國」，由中共取代席次，兩岸關係更是緊張到極點，戰火一觸即發，金門島上處處張貼「莊敬自強，處變不驚」的標語，以穩定軍心，面對挑戰。

也因此，每次聽到警報聲響起，商店馬上關閉店門，農民放下田間的工作，漁、蚵民立即上岸，凡是年滿十六歲至五十五歲的男自衛隊員，或年滿十六歲至三十五歲未出嫁的女自衛隊員，都得趕快換上迷彩服、戴上鋼盔，拿起配發的槍枝進入戰鬥位置，配合國軍對敵作戰。

一般而言，生活在戰地，人人早有「平時如戰時，戰時如平時」的心裡準備，只要警報聲響起，車輛紛紛向戰備道疏散，交通要道迅速拉起阻絕「拒馬」，路口周邊的伏地堡或散兵坑，在偽裝掩護下，處處可見武裝軍人架起機槍封鎖管制，所有的人、車禁止通行。

同時，各村落的四周或巷口的轉角，甚至是村郊偽裝的墓碑下，都有連通地下坑道的射口，隨時有狙擊的槍口伸出，而且，家家門戶緊閉，路上不見閒雜人或雞鴨走動，到處呈現一片肅殺之氣，彷彿真的要爆發一場生死戰鬥。

報社有一百三十餘名員工，編成一個獨立的「民防自衛隊」，配屬相當一個步兵連的武器和彈藥，接受戰鬥任務，也支援軍國作戰。平時，各自在工作崗位上貢獻一己之力，並經常保養武器槍枝，接受軍方保修單位派員裝備檢查。當然，也接受單兵基本教練出操，所以，許多員工經過長年的磨練，「五項戰技」較諸陸軍野戰師的兵力，絕對是有過之而無不及，特別是其中的射擊打靶，很多同仁是「百發百中」的神槍手，每次上靶場射擊線，幾乎都是彈無虛發，繳出「滿靶」的成績單。

由於報社位處成功崗上，依山傍海，每次演習號角響起，報社民防隊的機動組，馬上派出兩名衛哨兵鎮守大門。原則上，是一名擔任明哨，負責人員與車輛進出攔檢登記；另一名則為埋伏哨，持槍躲在偽裝的散兵坑，監控大門口的動靜，以便先發制人，嚴防滲透、破壞份子輕舉妄動，維護社區安全。

演習期間，所有員工立即停止休假與外宿，自衛隊員集中住宿待命，一起吃大鍋飯或口糧，聽候統裁官「出狀況」，隨時聽聞警報鐘作反登陸或反空降的防禦戰鬥，甚至，常常三更半夜突然緊急集合，全副武裝迅速馳往目標區殲敵或追擊滲透的敵人，演習「狀況」種類繁多，不一而足，但憑金防部「統裁官」隨興所至，藉以作為考核依據。

除此之外，金防部也會派出「假設敵」進行滲透，藉以測試各戰鬥單位的警覺性。然而，金門幅員狹小，奉派擔任「假設敵」的，可能是政委會的官員，倘若衛哨兵誤認為是長官前來視察，缺乏警覺性，未多加盤問或攔阻，讓他「矇混」進入單位裡，將伺機在某處張貼「炸彈」的小紙條，那麼，該單位將受嚴厲的處分，輪值衛兵也將遭受議處。

其實，「演習視同作戰」，特別是金門地處前線，面對共同的敵人，在「政委會」黨政軍一元化領導下，軍民本來就是一體，生死與共、血脈相連。何況，只要演習命令一發布，「民防自衛隊」就與國軍併肩作戰，年輕的自衛隊員隨時接受徵召，脫掉迷彩服換上草綠色的野戰軍裝，直接成為「補充兵」，待演習任務結束才返回原單位。

事實上，金門是戰地，平時夜間十時至凌晨四時實施宵禁，凡欲通過管制哨的人員或車輛，皆需通過執勤衛兵「口令」——通關密語之問答，完全答對者才能放行；反之，若是答錯或答不出「口令」，衛兵可直接開槍射殺，被打死、打傷者，只能自認倒楣，軍方不作任何損害賠償。

談及戰地夜間衛兵「口令」——通關密語，通常是簡短的「站住！口令！誰？」之對答，諸如：

問：誰？

答：王大明。

問：做什麼？

答：捉老鼠。

問：帶什麼？

答：帶花貓！

曾經，戰地實施燈火管制，也沒有路燈，有耳聾的民眾夜行，暗夜之中，衛兵發覺有黑影逐漸靠近，立即喝令「站住！」然後，喊出當晚的「口令」，連喊多聲「誰？」卻不見回應，黑影又逐漸逼近，情急之下拉槍機、緊接著子彈上膛，然後扣板機，目標應聲倒地，天亮之後，才發現是軍營附近的村民，因耳聾聽不到「口令」一命嗚呼！類似的情形，在島上時有所聞，也有醉漢、啞巴被誤殺，不幸淪為「口令」槍下的亡魂，不知凡幾？

同樣的，也有農民夜間耕牛未牽回，仍放牧在軍營旁邊的農田，牛隻走動，牛繩扯動高粱稈發出沙沙聲響，衛兵誤為是「水匪」上岸換哨，連喊三聲「口令」不見回應，但見微弱的星光下有黑影晃動，說時遲、那時快，立即瞄準目標開槍。天亮之後，才發現打死一頭聽不懂「口令」的黃牛。

當然，平時，軍方夜間通行的「口令」，屬於「極機密」，也可能一夕數變，所以，民間無從知悉。然而，遇到「全島大演習」，無分軍民，作戰命令一體適用，每天傍晚時分，金防部「戰情中心」會將當晚的「口令」，以直接傳遞的方式送達各單位簽收，包括各基層民防自衛隊。所以，輪值衛兵要熟背當晚的「口令」，而且，下勤務交班時，那紙「密令」要慎密移交，萬一不慎遺失或洩露，要趕快向上級通報，啟動新的「口令」，以免被敵人截獲「通關密語」，將危及整體安全。

每次遇到「全島大演習」，適齡的自衛隊員，無分男女，一律放下手邊的工作，換上迷彩服、拿起槍枝參加戰鬥。然而，演習期間，公教員工薪水照領，而一般百姓，做生意的需關門歇業，漁、蚵民不能出海，毫無收入；農民則無法到田裡澆水耘稼，三天演習結束之後，青苗可能早已枯萎，或是瓜果、葉菜被害蟲及鳥類啃噬，損失不貲。

然而，最令一般百姓自衛隊員不滿的，是同樣參加對敵作戰，無糧也無餉，不但三餐伙食自理，連服裝也常要自己花錢購置。曾經，有一位在金城市街經商的翁姓商人，認為民防服裝既然是自己花錢買的，高興什麼時候穿，別人不能多加干預。有一天，他老兄突然心血來潮，穿著自衛隊服裝走在街上，被巡邏的憲兵攔路盤問：

「你是那一個單位的？」

「八〇五部隊。」

「什麼？我怎沒聽過防區有這個單位？」

於是，帶隊的憲兵官，強行把他抓進金城憲兵隊。再次訊問：

「從實招來，你是那一個單位的？」

「已經說過了，是八〇五部隊。」

憲兵官翻閱所有資料，急得滿頭大汗，就是找不到金門防區有「八〇五部隊」的番號。因而認定是對岸派來的「匪軍」，下令將他五花大綁，準備遣送上級論功行賞。

這個當兒，翁姓自衛隊員眼看著玩笑開大了，深怕被送進軍事大牢嚴刑拷打，後果不堪設想，於是，趕緊向憲兵官說實話：

「我說的『八〇五部隊』，是因為這套自衛隊民防服裝，是自己繳交八十元五角買來的，所以，自稱是『八〇五部隊』。」

也許，我比較幸運，身上所穿的迷彩服，由民防總隊部發放，無需自費花錢購買，而且，身為公教員工參加三天「全島大演習」，薪水照領，並無太大的損失。

但是，經過三天戰鬥演習，解除警報聲響之後，趕緊脫掉迷彩服，繳完槍械，最渴望的一件事是：好好睡一覺補眠。

一九七八年十二月三日

不想成「家」

——崗上聽濤隨筆之十

屬於我的「崗上聽濤隨筆」系列拙文，承蒙老編的青睞，已先後在「正氣副刊」上發表了九篇。

當然啦！每一次看到自己所塗鴨的東西，由歪歪斜斜的字體，變成一行行的鉛字呈現在報紙上，內心那份「敝帚自珍」的喜悅與滿足，確實不足為外人道也；套上一句俗語，那叫做「只能意會，不能言傳。」

說實在的，每一次看到自己的作品刊登出來，私下總會高興好幾天。然而，在喜悅之外，却也憑添不少的羞赧與困擾，因為，我所寫的東西，幾乎都是一些身邊的瑣事，儘管是用筆名來發表，但仍有許多朋友見面之後，都會提起在其中的情節，甚至幫我戴上一頂「作家」的帽子，令人愧不敢當。

也許，人都有隱惡揚善的天性，嘉許和讚美本是一種順水人情，不足以沾沾自喜，但是，封我為「作家」，委實令人擔當不起，因為，區區幾篇不成熟的短文，如何配稱「作家」？即使加上先前斷斷續續發表過的，總數也僅那麼十來萬字，如果以此能稱「家」，那麼，「作家」也未免太不值錢了。

有人說：「人生只是不斷在追尋一種理想、一種希望和一種寄託。」因此，平庸若我，不僅天資愚鈍，且見聞狹小，實在不敢存有高官厚祿或飛黃騰達的妄想，只祈入有父母妻兒、出有良師益友，在為人處事方面，憑自己的良心，也盡自己最大的努力，使「仰無愧於天，俯不怍於人」，讓自己在老去的那天，能夠感到很快樂，就滿足了。

其實，人可以淡泊明志，恬淡寡慾，落個兩袖清風；也可以結廬在人間，躬耕自食，終老山林；更可以和顏回一樣，一簞食、一瓢飲、居陋巷、曲肱而枕。但是，精神上絕對不能沒有寄託；因為，一個人如果生活沒有什麼理想，也沒有什麼願望，再加上精神沒寄託，那等於只剩下一個軀體，成為一個行屍走肉、沒有靈魂的人了。

人的嗜好，說起來十分奇怪，就如陶淵明愛菊，愛它臨霜雪而不屈；周敦頤喜愛蓮花，愛它出污泥而不染，兩人的愛好就顯得有所不同。事實上，有人喜歡打籃球，不管天氣燠熱，打著赤膊在太陽下投籃，而有人卻喜歡靜靜坐著，一面欣賞音樂，陶醉在琴鍵的旋律裏，或茗茶對弈。而我，下班除了幫忙家裡的田間農事，餘暇閱讀書報雜誌，或在方格子上「學步塗鴨」，算是精神上最大的寄託。

談起寫作這碼子事，嚴格來說，僅算是在門外摸索的小伙子，談技巧無從說起，論經驗更是付諸闕如，充其量只是無事時的自我陶醉罷了。的確，在寫作的旅程上，我還算是一個在地上爬的嬰孩，不知天高地厚地拿起筆來就亂畫，然後在發表慾的驅使下，厚顏地郵寄編輯桌而已。

然而，所謂「事非經過不知難」，讀人家的文章容易，動手寫文章卻很難，這是不容否認的事實。因此，有人把寫文章，形容比女人生孩子還難，因為，女人生孩子，肚子裏有嬰孩，生出來只是時間快慢而已。

而寫文章，如果肚子裡沒有墨水，如何生得出來？當然，這句話對飽學之士來說，可能並不恰當，他們下筆行雲流水，但套用在我身上，卻是形容得鞭辟入裡，一點也不過分。因常常胸中涵詠著一股情感，可是，提起筆來就硬是寫不出來，那種搜索枯腸、折騰半日接不上一句的情形，確實是非常的難受。

所謂「行萬里路，勝讀十年書」，捫心自問，像我這種天資駑鈍，既沒有完整的學歷，也不曾遊歷五湖三江的人，實在不該跟人家耍筆桿子舞文弄墨，幹那種動腦傷神的苦差事。然而，人間事，常常是事與願違，不知什麼時候，我竟迷迷糊糊地愛上了「寫作」，而且，已結下不解之緣，這輩子想要放棄，恐怕沒有那麼容易。

當然，如果追根究底，正本清源，這個「緣」字的由來，應從小學二年級升上三年級搞定的，當時由造句課升上作文課，第一次上作文課，老師發下新的作文簿，規定先打草稿，得先讓老師審閱合格之後，才可以用毛筆繕寫在作文簿上。

因此，大家爭先恐後把寫好的草稿，送上講台給老師審閱，作文能力強的，一下子就合格通過，在老師點頭之後，高興地跑回坐位用毛筆謄寫在作文簿上，只有我一而再、再而三的被老師打回票，直到最後，只剩下我一個人草稿仍不合格，繼續回坐位趕寫，雖滿懷著信心，蠻以為這下子可以通過了，沒想到老師看完之後，又是一陣搖頭，從老師手中接過草稿，轉身一看，全班鴉雀無聲，大家聚精會神，默默地揮動著筆桿在繕寫，惟獨我又一次被退回，心一急，不覺眼淚竟掉了下來，跑回坐位哭了起來，惹得同學們一同哈哈大笑，最後，還是老師前來安慰和指導，一生中的第一篇作文，才在眼淚中完成。

也許，那幾滴眼淚流帶給我很大的激勵，深感自己在作文上差人家一大截，需要急起直追、迎頭趕上。因此，我更加努力看書、閱報，雖然，住在鄉下沒有圖書館，但附近軍營有許多過期的刊物，諸如《文壇》、《文藝月刊》、《勝利之光》等等，以及《徵信新聞報》（後更名為《中國時報》），只要撿到類似的報刊雜誌，均愛不釋手詳加研讀，看人家怎麼用字、怎麼造句，怎麼加標點符號。

漸漸地，上作文課的壓力愈來愈輕，小學畢業後步入國中，仍然有作文課，第一篇作文寫過後，經過老師的批閱，上第二次作文課時，老師在發還作文簿之前，特別選了兩位同學的作文簿，並把其中精彩的文句唸出來讓大家聽，希望同學們多多看齊。而那兩位獲嘉許的同學，其中一位就是我。

升上高中，我依然算是孤陋寡聞的人，根本不知道報紙上設有一塊叫「副刊」的公開園地，可供大家自由投稿，在一個偶然的機會裏，我發現鄰座同學的大名赫然出現在報紙上，

細問之下，方知報紙上的「副刊」園地，任何人都可以把文章寄給編輯，叫做「投稿」，如蒙錄用刊登出來，還有錢可領，叫做「稿費」。

俗話說：「近朱者赤，近墨者黑。」環境是一個大染缸，風氣更是一種塑造的模型。那時，金門高中有文藝研習社，很多同學爭相在報紙上投稿，你一篇、我一篇。每一次，在報紙上看到同學的大作，總是寄以無限的羨慕和敬佩，雖有躍躍欲試的衝動，可惜缺乏勇氣，裹足不前，既不敢單刀赴會，逕把文章寄去報社，也不敢向前輩們請教。

有一次，放學搭乘公共汽車回家，途中突然下起了大雨，眼看著下車的站牌就要到了，明知一下車必定全身濕透，但天色已黑，雨又有愈下愈大的趨勢，不下車也不行，所以，仍硬著頭皮告訴車掌小姐到站要下車，沒想到她看到我沒有帶雨傘，天氣又冷，一下車準成落湯雞，於是，拿了一把傘借給我，有感於車掌小姐樂於助人的精神，而接受幫助的是自己，內心感激不已。

回家之後，提起筆來將胸中感激之情，寫成了一篇〈一把傘〉的短文，隔日投寄到報社去，三天之後刊出，在報紙上占了一塊不算小的篇幅，真是令我又喜又驚。

自從處女作被刊登出來後，信心倍增，更加喜歡塗塗寫寫。「文章千古事，得失寸心知」，我承認，自己的文章寫得不好，沒有靈性，內容貧乏，思想幼稚，而且都是身邊一些雞毛蒜皮的瑣事，屬於自說自話的文章；一如有人問我：「幾年之後，當你再看到這些作品，不會感到很害羞嗎？」

名作家彭歌先生在《小小說寫作》一書中說過：

人的生平經歷中，都必然有過一些刻骨銘心，永誌不忘的際遇，那都是值得寫的素材。一個人開始寫作，他的觀察力會磨練得越來愈敏銳，心地會越來越寬宏，對事的了解，對人的同情，都會與時俱進，由以上的收穫，縱然不一定能成為一個好作家，也可以成為一個更好的讀者，一個更好的人。

也許，對於寫作，寫得好與壞，個人並不以為忤，畢竟，「世事豈能盡如人意，但求無愧我心」，只要實實在在地寫，縱使別人嘲笑幼稚，不妨一笑置之，深信幼稚只是階段、只是過程，並不代表羞恥。因為，每一個人都有在地上爬的時期，沒有人出生來，就可以和金牌選手賽跑。

再說，我喜歡塗塗寫寫，並不是想成「家」，而是希望能藉著寫作，去培養閱讀能力，磨練對事、對物的觀察力，慢慢地陶冶自己，希望能成為一個更好的讀者，一個更好的人。

一九七九年三月廿五日

一把傘

從金門高中校門口出來，已是傍晚五點半鐘了，暮色漸漸濃厚起來，而且，正當強烈颱風「娜拉」過境，西南氣流十分旺盛，灰濛濛的天空，仍像一張哭喪的臉，停留著愁雲慘雨，不時流著細細的雨絲兒，隨時都有可能再下一場傾盆大雨。

由於金城車站已遷往北門，原位於金中校門口的西門舊站已停用，通勤學生還要經過城區街道，走五、六分鐘的路程搭車；更由於島上尚少見私家轎車和摩托車，公共汽車是十幾萬軍、民主要的交通工具，同時，因為車班不多，旅客常擠得像「沙丁魚」一般，能擠上班車就算很幸運，任誰都不敢奢望還要有位子坐，因此，每次一放學，同學普遍是用邊走邊跑的方式趕往車站，尤其是下雨天，更是三步併兩步，就是害怕擠不上公車。

很幸運地，趕到車站時能順利擠上公車，且還有坐位；五點四十分開車鈴聲響了，車廂滑向木麻黃濃蔭遮蔽的水泥路面，暮色漸漸籠罩，車廂裡開啟昏黃的燈光，透過車窗，依稀可見遭颱風折損的樹木，仍橫七豎八地躺在路旁，車廂內有人七嘴八舌談論著，今年以來已有「魏達」和「娜拉」兩個強烈颱風侵襲本島，聽說還有一個叫「白西」的颱風又形成，但會不會侵襲金門，尚待觀察，所謂「一朝被蛇咬，十年怕草繩」，連續遭兩次強颱肆虐，大家已「聞颱色變」！

坐在一路氣喘呼呼的公車廂裡，不知不覺已到瓊林，有人下車之後，又繼續前行，忽然，車頂傳來叮叮咚咚的雨聲，車前擋風玻璃雨刷也加速擺動，雨勢愈來愈大，暗自憂慮著沒有攜帶雨具，等會兒到站下車，豈不是將淋成落湯雞？心裡開始祈盼著雨趕快停歇，只可惜，俗話說：「早落早止、晚落朝暝。」雨勢愈下愈急，整輛公車彷彿是一艘快艇，在小河水面飛馳。

車過斗門站之後，下一站就是目的地「金沙橋」了，我從座位上起身，走到車門旁邊準備「拉鈴」，車掌小姐問我：

「你要下車嗎？」

「是的，我要下車。」

明明知道車廂外下著滂沱大雨，下車後沒有候車亭可避雨，附近也沒有任何建物可棲身，還要再走十分鐘的泥路，才能回到村子裡；換言之，只要一下車，必定淋得一身濕透，但如果不下車，天已黑，怎麼辦？所以，只得硬著頭皮，告訴車掌小姐：「我要下車。」

「下這麼大的雨，你又沒帶雨傘，暫時不要下車，到沙美站後，我找一把傘借你，再等班車開回金城時才下車，好嗎？」

我感到非常地詫異，高興之餘欣然答應了。因此，車子迅速開過金沙橋，到了沙美，車掌小姐收完旅客票根之後：

「你在這裡稍等一會兒，我去找雨傘。」約莫兩分鐘的光景，車掌小姐遞給我一把傘；接過傘後，除了說聲「謝謝」，並表明：

「明天上學時，帶來奉還。」

跳上開回金城的班車，在「金沙橋」站下了車。雨，依然嘩啦嘩啦地下，持著傘走在回家的小路上，淅淅瀝瀝的雨水落在傘頂，沒有淋濕黃卡其制服，內心不斷地思索著：從報紙上，常可看到台灣的車掌小姐服務態度欠佳，被批評是「晚娘面孔」，而自己通學搭了三年公車，覺得金門的車掌小姐都很有禮貌，服務態度也很好，就以今天來說，車掌小姐還會設身處地為旅客著想，要不然，旅客平安下車之後，被雨淋與她何干？

或許，兒時生活在敵人的砲火下，窮得常穿破舊的衣服，而每一次，母親發現我們身上的衣服有小破洞或鈕扣掉了，都會趕快拿起針線隨身縫補，口中卻唸唸有詞：「在身紩，就身縫；怨針嘸怨人；出門拄著好人，啥人罵阮嘴生蟲；好心好行逗相挭，阮感恩伊一世人。」莫非，真的遇到好人，豈能不感激在心？

說真的，我只是一個平凡的通勤學生，與車掌小姐並不熟識，既不知她的芳名，也不敢當面直問，只有在歸還雨傘時，偷偷瞄到她的名牌編號是：〇〇一七〇，但願藉著本文，向她說聲：謝謝！

一九七三年十月廿二日

尋根之旅

原鄉路更遠
——尋根之旅系列之一

老家門庭十多公尺外，即是碧波萬頃的金廈灣；每天推開柴扉，映入眼簾的是潮起潮落，以及對岸的山巒疊影，那是教科書裡所謂的「故國河山」。

小時候，祖父曾牽著我的小手佇立在海邊，遙指著半截聳入雲端的鴻漸山：

「我們的老家，在海的那一邊，那裡還有我們的田園和親人，希望有一天能帶你回老家看看。」

「阿公，為什麼現在不能回去？」

「戇孫仔，你看看，海邊盡是鐵絲網層層圍住，裡面還埋有地雷，而且，持槍的衛兵緊緊看守著，除了領有蚵灘民證，可以下海採蚵拾貝，否則，誰都不能出海，現在我們無法回去。」

「阿公，那什麼時候才能回去？」

「只有等『和平』到來，兩岸不再打仗，人民可以恢復往來，我們才能回去。」

是的，一九四九年大陸神州風雲變色，「國、共」兩軍以金廈灣為戰場。曾經，在一個夜黑風高的冬天晚上，兩萬七千多名共軍，分乘數百艘漁船攻打金門，在古寧頭強行登陸與國軍激戰，雙方死傷枕藉，兩岸互把對方視為敵人，一邊叫「共匪」，一邊喊「蔣幫反動派」，彼此兵戎相向，斷絕往來；一九五八年，在一個秋日的午後，兩岸砲火全開，相互以各型砲彈毀滅性地轟擊，經過四十幾天硝煙彈雨的攻防，雙方傷亡慘重，偃兵息鼓一週之後，再開啟「單打雙不打」漫長的宣傳戰，直到一九七九年元月一日為止。

金廈兩岸戰火交織的日子，金門島上不僅房屋、田舍毀了，居民和牲畜命賤如蜉蟻，朝不保夕。雖然，我們家從內地運來磚瓦、石條砌成的屋子，多次中彈起火燃燒，還好家人倖免於難。但是，隨著日月的遞嬗，烽火依舊連天，祖父一年年的老去，苦等不到和平的到來，未能帶我們跨過海峽回原鄉，即在歲月的洪流中羽化登仙。

先祖是泉州的望族，書香門第人家，叔侄皆進士。曾祖因避難，帶者家人乘桴逃抵浯島，華路藍縷、以啟山林，或耕稼種蕃薯、或插石養蚵，繁衍子孫。而在浯島出生的父親，因島上沒有學堂，童年不能讀書識字，未滿十歲即學會耕田犁地，終日荷鋤牽牛，忙碌於阡陌之間，祈望風調雨順、五穀豐登，能多一分收穫，讓家人免於挨餓。

當然，生活在兩岸隔絕的砲火下，儘管每天推開柴扉，面對著潮起潮落與故國河山，卻仍跨不過海峽，也不敢妄想要跨過海峽。因為，在那個年代，不但嚴密管制人員下海游泳，

甚至，居民也不能私自擁有籃球、車胎及任何助浮物，就是為了防範有人泅水到對岸。因此，父親不曾回過原鄉，自然也不知道何處是原鄉。

當年，祖父只指著鴻漸山後面累疊的山巒，說那是我們的老家，卻沒有說出原鄉詳細的地名。或許，祖父深信戰爭是短暫的，在他有生之年，一定能帶我們回去，卻怎麼也沒有料想到，爭戰持續不停歇；春去秋來，一年盼過一年，盼不到和平的到來，儘管長壽年近九十，最後仍在與時光的賽跑中認輸。

十八年前，當妻子傳出懷孕的喜訊，超音波檢查出可能是男丁之後，我開始思索著，將來孩子出生，他是道道地地的金門人。然而，木有本、水有源，金門不是我們的原鄉，我有責任告訴孩子，祖先來自何方。尤其，我有五個兄弟，在戰火下流離顛沛，當時並沒有依昭穆輩序取名，分別在金門完成高中學業之後，相繼負笈他鄉，分散台、金各自成家立業，將來兒孫若沒有再依輩序取名，當更無從知道自己的本源。

由於磚瓦砌造的祖厝，在「八二三砲戰」一役之中，不堪砲火摧殘傾圮，族人每年「冬至日」祭祖、交丁的祖簿，也不幸在砲火中化作灰飛煙滅，族裡再也找不到記載祖先的相關資料，究竟原鄉在何處，就像斷了線的風箏，找不到線索源頭。

我仔細翻閱祖父遺留的幾本書冊，找到他老人家用毛筆字寫的真跡，清楚寫著林家來自「泉州府東門外東坑鄉土牆厝」；昭穆輩序排行為「公卿候世德，丕成遠垂芳，厚道聲顯耀，賢富應揚輝」。經對照祖龕牌位，證實輩序正確無誤。

因此，幾個月之後，孩子順利臨盆，是一名男丁，依「芳」字輩取名為根，三年後愛妻再弄璋添丁，取名為本。更可喜的是，弟弟們相繼娶妻生子，男丁也皆恢復輩序排行取名，大家都希望兒孫不論走到天涯海角，能記得自己的根本。

終於，金廈兩岸在隔絕五十年之後，二〇〇一年獲准試辦「小三通」，金廈兩門重啟交流新頁；我私下曾透過友人多方管道，企盼探聽原鄉的下落，可惜都沒有結果，然而，心中仍時時惦念著有朝一日，能陪著父親與族人，帶著兒子踏上原鄉的土地，回去尋根謁祖，看看自己的家園和親人。

二〇〇三年九月六日，隨「金門媒體訪問團」赴廈門參加「九八投洽會」與「泉州旅遊節」活動，終於有機會搭上開往對岸廈門的渡輪，當「東方之星號」跨越海峽中線，駛過大、二膽島海域，內心思潮起伏、激動無比。

因為，心裡想的是兩岸終於和平了，可惜歲月不饒人，阿公已經不在人世了，老人家無福等到兩岸人民可以恢復往來，親自帶著兒孫回原鄉；如今，父親年邁體衰，也不知道原鄉在哪裡，崇山峻嶺，哪堪爬山涉水去尋覓？自己是第一次有機會跨過海峽，能踏上門庭外望了四十幾年，也是魂牽夢縈的「故國河山」，終於可以回家了，內心除了激動與興奮，也頗有鄉近情怯之感。

上岸之後，第一天隨團在廈門參加「九八投洽會」揭幕行程，隔天午後遊覽車跑了將近兩百公里抵達泉州，下車踏上原鄉的土地，看看腕錶與既定行程，還有兩個小時的空檔，於

是，在飯店外招來一部「的士」，囑咐司機直奔東門外。

只是，祖父所說的地名，那是一百年前的名稱，不但年代久遠，且經過「解放」與「文革」變動，何況，泉州是歷史古城，何其廣袤，計程車在東門外轉了近兩小時，觸目盡是櫛比鱗次的高樓，與多線道新開的馬路，只好尋找路旁一些古厝，下車詢問一些老阿公、老阿婆，無奈沒有人知道有「東坑鄉」，也沒有人聽過「土牆厝」，在無助的情況下，請司機幫忙就近找「公安派出所」或「民政」單位協詢，希望從戶籍登錄資料找出端倪。

雖然，公安人員看到來者是「台胞」，獲得特別禮遇與熱忱協助，只可惜忙了大半天，透過電腦調閱，也撥了許多通電話詢問地方耆宿，仍查無相關資料。

以前，每天清晨推開柴扉，面對故國河山，總盼望有朝一日能跨過去，認為只要有機會到了泉州，出了東門外，多找、多問幾個附近的聚落，應該就可以找到林姓宗親，應該能找到祖廟，翻開祖簿，就能找到祖先的根本源頭。

可惜，事與願違，實地跨過海峽踏上泉州的土地，才發覺一切與想像中差太遠了，泉州府包含同安、南安與惠安，範圍真的太廣闊了，祖先居住的東坑鄉土牆厝，可能隱在群山峻嶺之中，想要去尋找，還需要更大的耐心和努力，族人回原鄉之路，似乎還很遙遠。

二〇〇三年九月十九日

找到林李宗祠

——尋根之旅系列之二

二〇〇三年九月六日，隨「金門媒體訪問團」首次跨過金廈海峽，前往廈門參加「九八投洽會」與「泉州旅遊節」活動；這是「國、共」兩軍隔海對峙，兩岸人民隔絕五十年後，金門縣政府為加強兩岸文化、經貿交流，特由相關局室人員、駐金記者與金酒、特產、旅遊、飯店業者等組成七十餘人的參訪團，跨海參加在廈門市「國際會展中心」舉行的第七屆「中國投資貿易洽談會」，以及在泉州惠安崇武舉行的「第五屆泉州旅遊節」系列活動。

當訪問團結束第一天在廈門舉行的「九八投洽會」活動，隔天下午，訪問團搭乘遊覽車抵泉州之後，看看腕錶與既定晚餐行程，足足還有兩個小時的空檔，即興緻勃勃地「打的」到東門外，希望能找到「泉州府東門外東坑鄉土牆厝」的原鄉祖廟。

出租「的士」到了東門外，問了許多路旁的村落，也請當地「公安」和「戶政」單位協助，卻沒有人知道「東坑鄉」，也沒有人聽過「土牆厝」，經過兩個多鐘頭的探尋無功而返，慨嘆泉州幅員實在太遼闊，遠遠超乎想像，尋找「祖廟」的美夢落空，原鄉仍隱在群山峻嶺之中，回鄉之路，還有一段遙遠的路要走。

第一次跨過海峽，抵泉州尋根無功而返，回到金門之後，經過初步檢討，發覺錯在自己事先未做好功課，誤以為出了泉州東門外，有了方向和目標，即能輕易找到祖廟。

實際上，昔日的泉州府包含同安、南安與惠安三個縣，當下人口超過八百萬，土地廣袤無邊，五十餘年間又經歷「解放」，行政區變遷與「文化大革命」期間的「破四舊」，所以，想要找到原鄉祖厝，在沒有詳細的地址和專人帶路的情況下，無疑是「瞎子摸象」，太天真了。

仔細想想，先祖確是從泉州渡海而來，唯在金門的族譜，不幸於一九五八年那場砲戰中燒毀了，兩岸斷絕往來五十年，猶如斷了線的風箏，想要重新接起，只要用心尋覓，仍有找到源頭的一天。

於是，我想起孩童時，老祖母曾多次叮嚀我們兄弟：

「你們長大後結婚，新娘不可找姓李的。因為，林李同宗，本來就是一家人。」

因此，先試著透過電腦網路搜尋，輸入我們家的昭穆輩序、燈號，以及「林李同宗」等關鍵文字，希望找到相關的脈絡源頭。

首先，在輸入「林李同宗」方面，找到泉州市鯉城區南門萬壽路，有一座建於明朝的「李贄故居」，位於南門「天后宮」前方，就是「林李宗祠」，屬於省級重點文物保護單位，十餘年前斥資重新整建，已成為泉州重要的旅遊景點。

根據相關資料顯示，李贄（一五二七至一六〇二），號卓吾，是明朝嘉靖年間的舉人，原名林載贄，是一名思想家、文學家和文學評論家，生平有《藏書》、《續藏書》、《焚書》、《續焚書》和《史綱評要》等等著作。

其次，進一步搜尋到許多李贄的相關報導，綜合整理如下：

自唐代起，泉州即是中國南方重要的對外通商口岸，林載贄的一世祖為林閭，字君蘇，號睦齋。生有兩子，其中之一的林駑，字景文，號東湖，是航行波斯的大商賈，並娶回阿拉伯女子為妻；所生之二子允誠，除具有阿拉伯血統，且受其母西方文化教育影響，思想前衛，曾為文批判封建社會男尊女卑、官吏貪污腐敗、重農抑商，並大力宣揚商業經濟，因而觸怒當朝，被扣上「敢倡亂道，惑世誣民」的謀反罪名。

事實上，在封建帝王時代，那是十惡不赦的滔天大罪，足以「滿門抄斬，株連九族」；因此，林家為避禍逃到南安，改姓李。其後世子孫，有姓林、亦有姓李。每年農曆十二月初一是林閭的忌日，所繁衍的林、李兩姓子孫，皆齊聚宗祠祭祖；同樣的，每年的清明節，林、李兩姓子孫，也要到清源山掃墓，緬懷祖先。

依世序排列，李贄為林閭之後的第八世，年幼時姓林，名載贄，後改姓李，並為避穆宗諱（明皇朱載垕）棄載名贄。李贄自幼倔強，善於獨立思考，不受儒學傳統觀念束縛。十二歲開始作文，二十六歲中舉人，先後任河南輝縣教諭、南京國子監博士、北京國子監博士、北京禮部司務、南京刑部員外郎和郎中，最後出任雲南姚安知府。

李贄二十多年宦海生涯，耳聞目睹官場的種種黑暗，以及民反兵變、倭寇騷擾我東南沿海等現實，深感大明王朝內部的腐朽沒落，與昏官迂儒和假道學格格不入；五十四歲毅然辭官，寄居湖北探計學問，著書立說。生平有《藏書》、《續藏書》、《焚書》、《續焚書》和《史綱評要》等著作。

由於李贄是中國明代傑出的思想家、文學家、史學家，所提出的一些主張如廉潔治政、教育啟蒙、男女平等等等，對明、清兩代，以及民國初年的「五四運動」思想、文化發展，有積極的促進作用，更在亞洲和世界思想文化史上，均占有一席地位，因此，海內外人士在泉州籌建「李贄國際學術研究中心」，有日本、韓國、東南亞以及美國、法國、義大利、俄羅斯等國家和地區的學者熱烈從事研究工作。

當然，詳述李贄事蹟，並非離題扯遠了，而是在搜尋「林李同宗」過程當中，在有關李贄的研究報導中，發現「李贄故居」正廳懸掛著「林李祠堂」的匾額，以及巨幅世系演進表，體現李贄及其族親源於林姓，其共同祖先為林閭。

同時，庭院中立有「瀛洲林李分派二世祖東湖公墓道」和「瀛洲林氏世瑩」的石碑，記載其生平事蹟。昭穆輩序為「公卿侯世德，丕成遠垂芳」，燈號同為「瀛洲傳芳」，在泉州圖書館有一本「溯源林李宗譜」。

從網路上搜尋到「林李祠堂」的寶貴線索，且昭穆輩序與我們家完全相符。按理說，金廈「小三通」重啟兩岸交流新頁，每天都有班船往來，理應立即專程跑一趟泉州才是。然而，因職務上暫時放不開，於是，我又透過電腦網路，搜尋「泉州市政府」、「鯉城區政府」和「泉州圖書館」等郵電信箱，分別寫了電子信函，懇請協助提供相關信息，只可惜，發出去的信函，均仿若石沉大海，沒有任何回音。

此外，我繼續從林姓昭穆輩序下工夫，搜尋到一篇臚列數十個各地林姓昭穆輩序的報導，其中也包括泉州「林李同宗」的「公卿侯世德，丕成遠垂芳」。很顯然地，天底下姓林的很多，支脈也不少，但與我們相關的，也僅泉州「林李同宗」這一支脈而已。

為了進一步掌握更多相關線索，我再分別輸入「林遠」、「林垂」、和「林芳」等關鍵字眼。搜尋的結果，其中，名字前兩字為「林垂」的，在台灣地區有兩位名人，一位是前工研院院長「林垂宙」，目前旅居香港，在大學任教；另一位是閩南語作詞、作曲家「林垂立」，也就是「車站」、「想厝的心情」、「春夏秋冬」等百餘首大家耳熟能詳閩南歌曲的原創人。

當然，網路上也找到另一些姓名有「林垂」的人，凡是能搜尋到他們服務單位的郵電信箱，也分別發出探詢的電子信，只是，所有寄出的信，大部份石沉大海，只有少數獲得回音，但均表示與我們家族的昭穆輩序沒有關連。

除此之外，我也搜尋姓名中有「李遠」、「李垂」和「李芳」的關鍵字眼，出現諾貝爾化學獎得主，也是中研院院長的李遠哲，特別是一九八八年獲得諾貝爾化學獎之後，曾返回福建南安尋根，茲節錄相關報導如下：

其一：福建省姓氏源流研究會副會長林偉功介紹說，獲諾貝爾化學獎的李遠哲博士曾回南安尋根。他雖姓李，但祖上姓林，也是林堅後人。林先生說，目前海內外有九個姓祖上都姓林。（節錄自百度百科——安厚村）

其二：泉州有林、李同宗特例，城內有「清源林李宗祠」，為泉州和南安榕橋林李兩姓子孫，為紀念共同祖先林閭而建。林閭長子生的五子中，老大、老二居泉州仍姓林，老三、老四遷南安改姓李；林閭次子所生兩子中，老二遷南安也改姓李，李遠哲博士即為他們的後人。（節錄自百度百科——南安名人）

其三：李遠哲，諾貝爾獎獲獎者。祖籍是南安柳城街道榕橋祥塘。出生於臺灣，一九六五年獲美加利福尼亞大學化學博士學位，後留美從事教學與研究工作。因其在氣態化學力學、交叉分子束、鐳射（鐳射）化學等方面研究取得重大成果，一九八六年榮獲諾貝爾化學獎。一九八八年十月回鄉尋根謁祖。（節錄自新華網——福建頻道——安南在線）

為了尋找祖籍根源，不放過任何一條線索，因此，我也在中研院院長信箱寄了一封「伊媚兒」，簡述自家昭穆輩序「公卿侯世德，丕成遠垂芳」與燈號「瀛洲傳芳」，以及尋根經過，並附上「林李同宗」相關報導，祈盼若有「清源林李宗譜」相關資料，懇請惠予幫忙提供，不勝感激。

本來，自個兒認為，李院長是國際知名的「大人物」，豈會回應類似的「小問題」。但是，讓人驚訝的是，三天後，我接到李院長親自回函：

「祖先確是從福建南安移居過來的，但家父與祖父均和『不、承』沒有關係。很早以前雖曾尋過根，但是沒找到具體的線索，手中也沒有『清源林李宗譜』資訊。」

雖然，李院長未能提供相關線索，但能為一個陌生人回信，擁有那份心，已夠令人感動了。

經過兩個多月的電腦搜尋與書信探詢，自覺已做好相關的準備功課，於是，我向報社申請赴大陸探親旅遊的「同意書」，也請了三天休假，再循「小三通」搭船到廈門，上岸後「打的」到「松柏車站」，買了直達泉州的公路局班車，經過近兩個小時的高速公路奔馳，再次回到祖籍原鄉。

到了泉州，已是午後時分，在車站外攔了一部「的士」，直抵「泉州市立圖書館」，以「台胞證」辦理借書手續，終於順利借出「清源林李宗譜」手抄本書冊，然因圖書館並無自助式影印機，密密麻麻的手抄文字，大略瀏覽一番之後，立即以數位相機逐頁拍攝，帶回來仔細研讀。

歸還「清源林李宗源」書冊之後，再搭「的士」到泉州市政府，拜訪身兼「泉州學研究所」所長林少川。林所長是著名的歷史學教授，從事姓氏源流研究多年，獲提供林姓相關探討研究書籍。

只是，其中並沒有「瀛洲」燈號，與我們家昭穆輩序的相關資料，幸獲推荐認識「泉州李贄學術研究會會長」李少園教授。晚間住進泉州「華僑大酒店」，也會見了「泉州金門同胞聯誼會」副會長陳篤瑜、秘書長張亞倫等鄉親，並接受《泉州晚報》總編輯郭培明、記者姚炳輝、《廈門日報》駐泉州採訪主任林森泉、莿桐之聲等媒體訪問，希望透過媒體協助，能順利找到原鄉祖籍地。

隔天早上，我從泉州「華僑酒店」，直接「打的」前往南安天后宮。駕車的「師傅」沿路介紹：泉州的「天后宮」供奉媽祖林默娘，建築宏偉，分前殿和後面正殿，佔地廣闊，建於宋朝慶元年間，淵源久遠，迄今已有近一千年的歷史。由於當時位處城南晉江之濱，是各國船舶和商品聚集之地，是全城最繁華的地方。

「李贄故居」就在「天后宮」前方五十公尺處。站在天后宮門前，即可看到前方街道牆上，有一塊看板寫著「李贄故居在前方四十米處」，循著指標方向前進，約莫兩分鐘的路程，很快就看到「李贄故居」的正門。那是一間古老的普通雙落民宅，購買每張兩塊錢人民幣的門票入內，前廳兩側為木板牆壁，張貼著「李贄學術研究」相關活動與貴賓參訪的相片，包括曾獲諾貝爾化學獎的中研院院長李遠哲博士，當年獲獎之後，也回到泉州尋根，受到熱烈的歡迎，返鄉尋根活動照片就貼在牆上。

前廳與後面正廳之間，有一個約為十公尺見方的天井，兩旁植栽花木扶疏，綠意盎然，左側果然真的立有「瀛洲林李分派二世祖東湖公墓道」和「瀛洲林氏世瑩」的石碑，記載其生平事蹟。

天井正廳堂前，立有一尊李贄的半身塑像，頭戴綸巾，下巴蓄著一撮山羊鬍，目光深邃，流露著睿智的神情。暫且撇開與李贄是否有血緣關係，光是面對一代偉大的思想家、文學家、史學家，不由得令人肅然起敬。

何況，小時候，老祖母即一再交代，我們家是「林李同宗」，如今，跨海自金門前來泉州尋根，所站的地方，正是泉州唯一「林李同宗」的宗祠，可以算是回到自己的家，內心怎能不激動？

走過天井，進入後廳正堂，門前高懸著「李贄故居」的扁額，進門迎面是一塊巨型「林李同宗」世系表，左右兩側則是布置李贄生平簡介與年譜及重要著作綱目。

誠然，中華民族歷史淵源悠久，華夏子民姓氏文化在世界上獨樹一格，雖號稱「百家姓」，但各民族經五千年之融合演化，所衍生的姓氏已逾四千個，其中林氏算是大姓，海內外分支派別繁多，各地有許多不同的昭穆輩序，然而，最大的共同點是燈號為「九牧」，唯獨我們家係「瀛洲」。

如今，在泉州南門鯉城區萬壽路「李贄故居」，找到了「林李同宗」的宗祠，且昭穆輩序與遠在金門洋山村的林氏族人相符，而東門外真正林姓「瀛洲傳芳」的祖廟在哪裡，猶待繼續努力尋找。

這一次回到泉州尋根，承蒙《泉州晚報》、也是《東南早報》總編輯郭培銘熱誠接待，除提供相關協助之外，回程更特派豪華轎車，專程送我回廈門搭船，當車啟動之時，我搖下車窗，向送行的金胞聯秘書長張亞倫等一行人揮了揮手，感謝熱情接待與協助，同時，也向泉州揮了揮手：

「泉州再見！雖然，這趟泉州行，已找到『林李同宗』的宗祠，也印證了家族的昭穆輩序及燈號『瀛洲傳芳』，但為了找到本家的祖厝，我將繼續努力，相信很快會再回來的。」

二〇〇六年六月十五日

原鄉在前頭村

——尋根之旅系列之三

再次到泉州尋根回到金門，匆匆又過了四個多月。

有一天午後，突然接到「泉州金門同胞聯誼會」秘書長張亞倫的電話，表示透過相關單位的協尋，找到兩個可能是「瀛洲傳芳」的村落，希望我能再回一趟泉州實地看看。

根據張秘書長電話捎來的消息，指稱有兩個可能是我要尋找的村落：

其一：在泉州灣畔的豐澤區城東街道前頭村，有一座「瀛洲祖廳」，而且，還有多家老舊民宅的門楣上，仍鏤刻有「瀛洲傳芳」的字樣，並經泉州對台辦公室人員向相關單位查證，泛泉州地區有姓林的村落，只有前頭村有「瀛洲祖廳」，也只有前頭村有「瀛洲傳芳」的民宅。

其二：在泉州東方海邊一個名為「寶山」的村落，有一位八十餘歲的林姓老伯表示，年輕時曾聽長輩說過，有一位二十歲的親人，被僱用到金門當蓋房子的工匠，曾寫過一封信回來，之後便音訊全無，其舊宅是土牆厝，經風雨歲月侵蝕，已傾圮成剩下殘壁與地基。

接獲這兩項消息，興奮之餘，立即辦妥請假手續，再次跨過海峽抵泉州，在「金胞聯」秘書長張亞倫、秘書吳先生等人的陪同下，與泉州市政府地方誌編纂委員會編審林龍海科長和豐澤區政府地方誌編纂委員的負責人盧承志，以及《廈門日報》駐泉州採訪主任林森泉、《泉州晚報》記者姚炳輝，以及中新社記者林永傳等人，分乘兩部九人座廂型車，經過「豐澤隧道」前往東門外。

首先，車子順路先到寶山社區，社區委員林清福拿出新編的家譜，但翻閱後輩份對不上。因為，我們的昭穆輩序是：「公卿侯世德，丕成遠垂芳，厚道聲顯耀，賢富應揚輝」，而寶山社區的卻明顯不同，而且，我們在社區內仔細尋找，也看過經風雨歲月摧殘，已傾圮成頹廢殘壁的「土牆厝」。雖然，社區內紅磚瓦厝和金門的傳統建築格局相似，但並無具體文物可資佐證與我們有血緣關係，頗為失望。

幸好，社區委員林清福又提供了一條線索，指著山陵另一邊靠海的庄任社區，是個林姓的大社區，可去看看；然因天色已晚，只得返回飯店休息。

隔天早上，一行人來到泉州灣海的庄任社區，拜訪「老人活動中心」，獲得耆老們熱烈的歡迎，取出一本「文革」時期偷偷留藏的林氏族譜，宗老們細說林氏淵源的脈絡，斬釘截鐵地說：

「林氏的燈號，十之八九是屬『九牧』。其中，只有第九世有一支脈比較特殊，燈號為『瀛洲』，就在鄰村的『前頭村』。」

宗老們有人拿出手機，撥給前頭村的友人，獲悉在家未外出，隨即表示願陪我們一同前往。果然，過了一條大馬路，就看到「前頭居委會」的樓房，那是一幢三層樓的鋼筋水泥樓房，在村中鶴立雞群，顯得特別凸出。

除此之外，放眼村內的屋宇，泰半是紅磚瓦厝的閩南式傳統建築，無論是燕尾雙翹或是圓型馬背的屋脊，其造型與風格，與金門島上的一模一樣，讓人有彷佛置身金門一般的感覺。而且，看到村婦的衣著、髮型，感到非常的眼熟，彷彿走進時光隧道，回到三十年前兒時的農村景象。

庄任社區的宗老帶我們進入「前頭居委會」，透過社區播音系統，很快有許多「前頭村」的村民趕來，普遍是上了年紀的阿公、阿婆，就在樓下的會議室，大家團聚在一起，好像久別重逢的親人，彼此用閩南語毫無隔閡地交談著，我先向宗老們問候：

「各位宗老大家好，我姓林，是從海的對岸金門來的，一百多年前，家曾祖父從泉州到金門的，在那裡墾牧繁衍成聚落，其中，部份遠赴南洋謀生，也有許多客居台灣求發展。近五十年來，不幸因戰爭，兩岸人民隔絕往來，而且，家裡的族譜毀於砲火，根據祖父母生前說過，我們家是『林李同宗』，來自泉州府東門外東坑鄉土牆厝，燈號是：『瀛洲』；昭穆輩序是：『公卿侯世德，丕成遠垂芳，厚道聲顯曜，賢富應揚輝。』如今，兩岸人民恢復往來，這次回到泉州祖籍地，希望能找到祖廟，以後能帶金門的族人回來尋根謁祖。」

宗老們聽我這麼一說，高興得爭相搶著發言：

「前頭村大部份是姓林的，有一座『瀛洲祖廳』。」

「對呀！阮爸就是「成」字輩的。」

「阮姓林，門楣上有『瀛洲傳芳』。」

「聽你的口音，和泉州話一模一樣。」

「……。」

所謂「陳林半天下」，在全球華人當中，目前陳、林兩姓，雖非名列前茅，但在閩、台地區，卻是數一數二。尤其，在泉州、漳州附近，更是林姓的故鄉，常常許多村落，甚至是整個縣內方圓數百里人家都姓林。所以，前頭村大部份人家姓林，也有一座「瀛洲祖廳」，多戶人家的門楣上鐫刻有「瀛洲傳芳」的字樣，如果有族譜，最能直接印證祖籍根源脈絡，於是，我進一步請求宗老們幫忙：

「村內是否有林姓的族譜？」

「以前有一本，文革期間『破四舊』燒光了。」

「那麼，請問有沒有其他資料，可供查閱？譬如廳堂的祖龕神主牌或祖先的塋墓？」

「這個……」

宗老們面面相覷，原來，文革期間，寺廟、宗祠都被拆光，連祖龕神主牌都付之一炬，包含墓碑都被破壞殆盡。

「好吧！既然如此，我們到『祖廳』去看看好嗎？」

在宗老們的引導下，一行人來到村中的「瀛洲祖廳」。但見是一座十公尺見方的廟殿，和金門島上廟宇一樣，也是燕尾屋脊，外牆由石條和紅磚砌成，乍看格局是顯得比較簡陋，不像金門祠堂或家廟普遍採雙進落，占地廣闊，不僅外觀氣勢雄偉，且處處彫樑畫棟，集木雕、石雕、陶塑等工藝於一體，金碧輝煌，耀眼奪目；內部布置則較為典雅莊重，供祀歷代祖先的牌位，成為族人祭祀祖宗和作為掌管族人事務、調節糾紛，與喜慶宴客等活動的場所。

一位宗老指著正門上方「瀛洲祖廳」匾額右邊的那行字說：

「從前的祖廳，是雙進落的建築，格局很宏偉，文革時被拆了；而現在這一間，是一九九七年重新修建。」

佇立在祖廳前，內心思潮起伏，想的是年少時，祖父曾牽著我的小手佇立在海邊，遙指著半截聳入雲端的鴻漸山：

「我們的老家，在海那一邊，那裡還有我們的田園和親人，希望有一天能帶你回家看看。」

「阿公，為什麼現在不能回去？」

「戇孫仔，你看看，海邊盡是鐵絲網層層圍住，裡面還埋有地雷，而且，持槍的衛兵緊緊看守著，除了領有蚵灘民證，才准予下海採蚵拾貝，否則，誰都不能出海，現在我們無法回去。」

「阿公，那什麼時候才能回去？」

「只有等『和平』到來，兩岸不再打仗，人民可以恢復往來，我們才能回去。」

而今，砲聲漸漸遠颺，金廈兩岸藉著「小三通」，每天有班船往來金廈和金泉之間。雖然，和平已經到來，而祖父卻早已歸隱道山，不能親自帶我回家，歷經三年多的尋找，好不容易才找到「瀛洲祖廳」，終於回到泉州的老家，內心激動無比。

在宗老們的引導下，我跨過祖廳的門檻，向廳堂神龕靈位上香致敬，只是，神龕內僅有幾塊象徵性的總體神主牌位。我暗忖著，若有個別的神主牌位，也許能從名諱找到根源，因此，我問宗老：

「沒有奉祀個別的神主牌位嗎？」

「以前是有個別的祖先牌位，也在文革時期……」

我發覺宗老們又再次面面相覷，欲言又止，才意會到身在大陸，並非在可暢所欲言的台灣地區，有些敏感的問題，是不該想問就問。

斯時，腦際突然閃過，以前曾在報刊、雜誌上，看過中共實施「文化大革命」，略知由中學生組成的「紅衛兵」，掀起「破四舊——砸爛一切舊思想、舊文化、舊風俗、舊習慣」

的運動；雖然，當時的新聞報導，都附有「紅衛兵」成群走上街頭搖旗吶喊，搗毀神像、拆廟宇、抄家焚書的照片，但是，心中仍然存疑，總覺得那是時時準備「反攻大陸」的國民黨政府，所作的「反共思想教育」而已。

想不到，當年中共為「趕美超英」搞「大躍進」，致力破除封建舊思想、舊文化、舊風俗、舊習慣，竟連先民血脈根源，也一併掃除，中華民族五千年固有文化，所遭受破壞的程度，比想像中還嚴重好幾倍。

事實上，兩岸隔絕五十年之後，金廈透過「小三通」重啟交流新頁，好不容易能踏上泉州的土地，若非因個人職務上的關係，認識到廈門和泉州的報社與電視台等媒體記者，透過大家的報導，並獲得「國台辦」僑務單位、文史單位和金胞聯的協助，才能找到前頭村。否則，崇山峻嶺，雲深不知處，何況面對「解放」時地名變更與「文革」破壞，海外子民想回到故鄉尋根謁祖，並非易事！

宗老們繼續陪我在村內巡訪，拜訪許多門楣上有「瀛洲傳芳」字樣的人家，而且，他們的長輩名字，也與我們家的昭穆輩序相符，雖然，「文革」之後，兒孫不再依昭穆輩序取名，因此，爬山涉水回到泉州，沒有族譜可資比對，確是美中不足。

然而，陪同的泉州市地方誌編纂委員會林龍海科長，和豐澤區地方誌編纂委員會的盧承志，與「泉州學研究所」所長林少川教授，長年從事地方誌與姓氏源流研究，以及《廈門日報》駐泉州採訪主任林森泉、《泉州晚報》記者姚炳輝等經過四個月的查訪，證實泛泉州地區八百萬人口，只有泉州東門外豐澤區濱海的前頭村有「瀛洲祖廳」，因此，泉州豐澤區的前頭村，確是我尋找的原鄉祖籍地，希望儘快能帶著族人回來謁祖。

二〇〇六年十一月五日

尋根續曲

——尋根之旅系列之四

二〇〇六年十一月，在《廈門日報》與《泉州東南早報》，以及當地「國台辦」與「金胞聯」等單位的協助下，我回到泉州東門外豐澤區海濱的前頭村，找到「瀛洲祖廳」；上述兩家閩南地區數一數二的大報，均以彩色半版大篇幅報導相關新聞。

雖然，在金門的族譜，不幸於一九五八年「八二三炮戰」中燒毀。同樣的，在泉州前頭村「瀛洲祖廳」的族譜，也在一九六六年那場「無產階級文化大革命」運動中，在「紅衛兵」的「破四舊」行動中化為灰燼，找不到最直接的文物史料，足以印證前頭村，即是我們家的祖籍地。

但是，從諸多資料印證，豐澤區的前頭村，是泛泉州地區唯一能找到「瀛洲祖廳」的地方，而且，亦是「林李同宗」林姓族人的聚落。畢竟，全球華人世界姓林的人何其多，昭穆輩序不勝枚舉，特別是絕大多數燈號為「九牧」，屬於「瀛洲」者是其中的少數，因此，可以肯定地說，豐澤區的前頭村，就是我尋找多年的原鄉，準備在適當的時機，帶族人一起回鄉尋根謁祖。

我將前後三次到泉州尋根的經過，以及拍攝的照片略加旁白，製成「Power point」燒成光碟，準備分送給旅居海內、外的族人。

二〇〇七年四月下旬某日傍晚，我的手機突然響起，螢幕顯示出一個未曾見過的號碼，接聽之後，傳來陌生男士的聲音：

「喂！林先生嗎？家住金門嗎？」

「是的，我是，先生您好！」

「我是林垂立，一年多前，您曾寄來一封『伊媚兒』，還記得吧？」

「記得！記得！為了尋找祖籍地需要，依家族輩份排序，我是『垂』字輩，您是同宗，也是『垂』字輩，所以，才冒昧寫信探詢是否與我們家族淵源有關聯。」

「抱歉啦！那陣子忙著發新片，信給擱在抽屜裡，也出一趟國回來，現在才回音，歹勢啦！」

「不會啦！您是鼎鼎大名的作詞、作曲家，應是大忙人，我冒昧打擾，該說抱歉的是我。」

「對啦！您尋根的進展如何？我的祖先也來自福建，很想回去看看，但不知道祖籍地在那裡？」

話說二〇〇三年，我首次登陸參加「泉州旅遊節」活動，曾「打的」到泉州東門外尋找祖廟無功而返，回到金門後，曾利用網路搜尋與我們家昭穆輩序相關的人，搜尋到台灣名作詞、作曲家「林垂立」先生，和前工研院院長「林垂宙」先生，曾分別試著寫信給他們，祈盼能找到與我們家淵源的蛛絲馬跡。

豈料，兩封信寄出之後，仿若石沉大海，一點回音也沒有。所謂「無巧不成書」，當時，假如林垂立先生接到我的信，立即回音，那麼，當時我手頭並沒有任何原鄉的線索，必將無可奉告。幸好，信給擱了一年多，期間我先後跑了兩趟泉州，終於找到了前頭村，然後才接到他的回音，於是，我將尋根實情略作說明，只聽到電話那頭傳來：

「前頭村在哪裡？能找個時間帶我一起去看看，好嗎？」

「好吧！趕快向旅行社辦『台胞證』，您從港、澳轉機到廈門，我循『小三通』在廈門高崎機場接您，再一起去泉州。」

果然，二〇〇七年六月六日，與我同年出生，比我年長幾個月的垂立兄，大清早從台北開車趕到桃園「中正機場」，先飛往澳門，再轉機到廈門；而我是從金門的水頭，搭十一點往廈門的班船，四十分鐘後上岸，由《廈門日報》派車接抵高崎機場，守在通關出口等了一個多鐘頭，直到下午近兩點，才看到垂立兄背著吉他，推著行李車出關。

提起林垂立這個名字，在全球華人世界，大家耳熟能詳，因為，他是閩南語歌曲作詞、作曲家，一首由張秀卿唱紅的「車站」，不但在台灣地區風靡大街小巷，在海外華人世界，「火車已經到車站，阮的心頭漸漸重，看人歡喜來接親人，阮是傷心來相送……」通俗的歌詞，聽一遍之後，即能朗朗上口，既易學、也好唱，優美的弦律，唱出人們悲歡離合的情境，不但在台灣地區已流行十餘年，甚至，二〇〇六年還榮膺廈門地區卡拉ＯＫ點唱率第一名。

此外，兩岸開放「老兵返鄉」探親之時，那一年的春天，林垂立曾陪祖籍廣東的岳丈，從台北的九份山上出發，回到廣東探親，初次進入神州故國河山，曾一路風塵僕僕浪跡到中原地帶的河南省，飽覽故國河山的四季景色，再回到台北的九份山上，剛好是整整一年四季，因而有感而發寫了燴炙人口的「春夏秋冬」，歌詞為「無聊的春風，伴阮流浪，孤孤單單啥人體諒，我在他鄉受盡風霜，你在故鄉著愛保重」，唱出「出外人」的心聲，除在台灣地區成熱門的流行歌曲，近年來，更成為百萬旅居大陸台商的「心曲」，更是上海地區台商點唱的首選。

尤其，林垂立所寫的「感謝你的愛」一曲，被「廈門衛視」選為「娛樂逗陣行」節目的片頭主題曲，該節目由台灣名歌仔戲演員陳亞蘭所主持，每天晚間七點黃金時段播出，收視率非常高，所以，林垂立一走出廈門機場，便受到當地媒體爭相採訪。

首先，《廈門日報》派出的九人座休旅車，直接從機場把我們接回呂岭路的「凱斯大酒店」，也就是「廈門日報」大樓；在四樓客房安頓好住宿之後，直接上十七樓的「廈門日報」總部接受專訪，座談會由副總編輯主持，席間多位主編表示，是從小聽林垂立的歌長大的，可見，林垂立的歌早就「登陸」。

同時，發行量與《廈門日報》並駕齊驅的《海峽導報》，派出主任記者葉秀月，也趕到「凱斯大酒店」二樓咖啡廳作專訪。

隔天早上，由《廈門日報》關係企業的《海峽生活報》休旅車，接往位於「中山公園」旁的報社舊大樓，接受《海峽生活報》編輯群專訪；緊接著，由廈門地區二○○六年歌唱比賽第一名，也是名主持人陳飛駕著豪華轎車，載往「廈門廣電大廈」，先上「閩南之聲」作一小時的專訪錄音節目，再轉往同幢大樓的「廈門衛視」，接受陳亞蘭「娛樂逗陣行」節目，錄製一個小時的節目，行程非常緊迫。因為，下午我們必須趕往泉州尋根謁祖，「泉州金門同胞聯誼會」已安排好迎接，與到前頭村謁祖的系列活動。

此外，「泉州電視台」與「泉州閩南語電視台」，以及「泉州莿桐之聲」廣播電台，也已安排林垂立錄製節目；同時，《泉州晚報》、《東南早報》亦安排泉州地區作詞、作曲家和藝文界人士，將舉辦座談和歌友會，因台灣著名閩南語作詞、作曲家林垂立將訪泉州的預告新聞已見報，所以，在廈門的行程不能延宕。

因此，經過兩個多小時的「廈泉高速公路」車程，傍晚時分抵達泉州，「金門同胞聯誼會」秘書長張亞倫先生在泉州車站迎接，親自駕駛嶄新的豪華休旅車，把我們載往飯店安置，並邀請多位旅居泉州的金門鄉親作陪設宴招待，盛情令人感動。

隔天早上，天空飄著細細的雨絲，我撥電話回金門，獲悉金門正下著傾盆大雨；祖籍金門的「金胞聯」張秘書長亞倫兄，再親自開車準時來到飯店，會同另一部媒體記者專車，一同前往豐澤區的前頭村。

車抵前頭村前，遠遠地，歡迎的鞭炮聲便開始響個不停，但見社區前聳立著紅色的充氣拱門，兩側站著一大群撐著雨傘的男女老少；車門開啟之後，我與垂立兄立即被宗親們簇擁著，現場還有電視攝影記者和報社記者不停地拍照，抬頭仰望，但見充氣拱門上寫著「歡迎金門洋山林氏宗親回鄉謁祖」金色的大字，前頭村宗親熱情迎接的盛況，出乎意料之外。

在近百名宗親熱情簇擁下，我們走向村子裡，但見道路的兩旁，插著許多五顏六色的歡迎旗幟。雖然，一路上雨愈下愈大，但雨水澆不熄宗親的熱情，也澆不熄一串串燃放的鞭炮。

我們先被接待在宗老林永安家中歇息，一幢五層樓的現代式建築，一樓寬敞的客廳頓時擠滿村民，連通往二樓的階梯，也站滿了許多男女老少，因為，林垂立寫的歌在閩南地區廣為流行，粉絲們想瞧瞧原創者的手采。

我與垂立兄坐在茶几前沙發上，屋主忙著沏茶，電視記者、廣播電台記者的麥克風，爭相推到我們面前，好幾架電視攝影機和照相機，從不同的角度在錄影。

首先，記者爭相問我回來尋根謁祖的心路歷程，與回到原鄉的感覺等相關問題，雖然，這是我頭一回面對那麼多媒體採訪，是有一些緊張，幸好尋根多年，腦海裡牢記者家族的淵源，能針對記者的發問侃侃而談。

其次，記者們訪問垂立兄創作閩南語歌曲的過程，特別是風靡海內、外華人世界的「車站」那首歌。垂立兄略作說明之後，取出隨身攜帶的吉他，彈指撥弄弦絲，輕唱「火車已經過車站，……」，斯時，現場無分男女老少，甚至是七、八十歲的老阿公、阿嬤，也都能隨著節奏拍手放聲合唱，一遍又一遍，大家唱得很忘情，真的是「駭」到最高點，難怪當天下午的《泉州晚報》，即以「林垂立的歌，比人早回到故鄉」為題，大篇幅報導林垂立回泉州故鄉尋根謁祖的消息。特別是泉州閩南語電視台，更以我倆回泉州尋根謁祖為晚間頭條新聞，影片足足播了七分鐘。

在林永安家中接受媒體訪問之後，宗老們引導我們到村中的「靖海鎮江」天后宮，向「天上聖母——媽祖」上香祈福；因為，「媽祖」是討海人的守護神，前頭村就位於泉州灣的海邊，與北鄰的媽祖出生地的湄洲島，只有一箭之遙，成為村民尊奉的主神。

談起南宋時出生於湄洲島的林默娘，相傳初生時紅光滿室，香氣不散，至彌月仍不聞哭啼，所以取名為默娘；八歲私塾讀書，能過目不忘，並喜燒香禮佛，樂於助人。十六歲還不肯嫁人，常在海邊指引船隻進港，也學會符令法術為鄉民驅除病魔；地方久旱成災，縣尹請默娘幫忙祈雨，亦能及時普降甘霖，鄉民感激之餘尊稱為「神女」，咸信林默娘是觀世音菩薩的化身。

根據傳說，林默娘廿八歲那年在家中坐著羽化成仙之後，身邊有「千里眼」、「順風耳」相隨，常穿朱衣乘雲遊於島嶼之間，如果船舶或漁民遇風險，能指引平安返航，正因許多海上遇險者，皆曾看過她顯靈現身海上，因此，林默娘逐漸成為討海人心目中海上救難的「海神」。清康熙帝詔封為「護國庇民妙靈昭應仁慈天后」、清雍正帝敕封為「天上聖母」，民間則尊稱為「媽祖婆」，許多漁村或港口紛紛建廟膜拜，漸漸地，除了大陸東南沿海各省處處可見「媽祖廟」，並且，隨著移民向台灣和南洋地區傳播，「天上聖母」觀世音——「觀」眾生疾苦、聽眾生聲「音」的救苦救難精神，早已成為全球華人世界主要的信仰。

據了解，目前台灣地區主神奉祀「媽祖」的廟宇，從北到南約有三百九十餘座；雖然，在名稱上有湄洲媽、溫陵媽、銀同媽、開台媽、北港媽、大甲媽、關渡媽之別，但實際上同是供奉「天上聖母」，只因分靈地緣關係不同而已。諸如台中大甲鎮瀾宮供奉的「媽祖」，每年三月廿三「媽祖婆生日」前夕，善男信女展開八天七夜的「媽祖遶境巡安」活動，神輿所到之處，萬民爭相跪地膜拜的盛況，成為台灣中部每年的宗教大事。

當然，前頭村也不例外，村中善信所建「靖海鎮江」的天后宮，供奉的「天上聖母——媽祖」，也是村民精神支柱與生活規範的信仰中心，其被尊重的地位，猶勝過宗廟裡的列祖列宗，所以，謁祖之前，宗老們先帶我們到天后宮，與村民一起焚香膜拜。

事實上，這是河洛民族敬天法祖的傳統，在金門也一樣，娶媳婦進宗祠祭拜祖先之前，均先敬拜村中廟裡的主神。值得注意的是，大陸歷經「文化大革命」破四舊運動，所有廟宇、宗祠與神祇都被摧殘殆盡，然而，「靖海鎮江」的天后宮卻能保存下來，可見「媽祖」救苦救難的精神，雖事隔六百餘年，以及「文化大革命」的浩劫，卻依然歷久而不衰，「天上聖母」受人們愛戴的情景，可見一斑。

拜過「媽祖」之後，宗老們引導我們穿過幾個巷道，再走一段較寬敞的道路，抵達「瀛洲祖廳」，許多守候在那裡的宗親，燃放起大串的鞭炮，垂立兄與我在宗老的安排下，一起拈香向神主牌位膜拜，但見供桌上擺置著豐盛的牲禮素果，以及多樣的粿粽，顯見是各家戶事先作準備的，村民以最虔敬的禮數，和最歡欣的心情，歡迎我們回到故鄉，回到親人的懷抱。

我們在祖廳內端詳著神桌上的牌位，宗老們則在一旁解說，有一位宗老輕聲在我耳畔說：

「泉州市人民政府行政區，即將擴大搬到東門外，前頭村也列入拆遷改建範圍，不久之後，『瀛洲祖廳』將被拆除。」

「那以後旅居海外親人回來，到哪裡尋根謁祖？」

「這……」

因此，在完成謁祖行禮如儀之後，步出祖廳大門外，電視、電台和報社的媒體記者又圍了過來，爭相詢問找到祖籍原鄉的感想。面對麥克風，首先，我感謝「泉州國台辦」、「泉州金門同胞聯誼會」，以及《廈門日報》與《泉州晚報》及《東南早報》的大力協助，才能順利回到故鄉；其次，感謝前頭村的宗親們的盛情接待，最後，我希望媒體記者們幫幫忙，代為呼籲能保存「瀛洲祖廳」，如果因建設需要必須拆除，也希望能找個地方重建，讓更多旅居海外的宗親，將來也有機會能回到泉州來尋根謁祖。

本來，這一次與垂立兄回泉州尋根之前，即曾先電話聯絡前頭村的宗長，表明屆時願擺幾桌酒席，藉以感謝宗老們的幫忙，大家開懷暢飲，也象徵一家人團圓，希望能先代為籌辦，願如數付款。畢竟，自民國七十六年，政府開放老兵返鄉探親，許多當年前隨國軍到台灣的退伍老兵返鄉，必先購買「三大件、五小件」當見面禮，再搭機經港、澳，重回闊別已久的家鄉。

同樣的，金門與廈門隔絕五十二年之後，於民國九十年元月二日，以「小三通」重啟交流新頁，由於金門人的祖先普遍來自廈門、漳州與泉州，因此，很多鄉親爭相回祖籍地尋根探親，拿著新台幣回原鄉整修祖廟，宴請族人。因而在一般人的觀念之中，依然存在著大陸還是很貧窮落後，回鄉尋根探親，就是回去撒錢。

所以，從「瀛洲祖廳」謁祖回到林永安家，已是近午時分，客廳已擺起宴席，包含鄰居屋內共有十餘桌，大家就座之後立即上菜，酒過三巡，宗長們陪垂立兄與我逐桌敬酒，舉杯感謝大家的熱情迎接。餐會後，當我們拿出「人民幣」欲償還代辦費用，豈料，宗老們堅持分文不收，只願酌收三百元的祭祖香燭費用。說真的，這一餐吃的是「海鮮大餐」，不但有紅蟳，也有龍蝦，絕對是所費不貲。

事實上，大陸自改革開放，台商爭相登陸投資設廠，經濟發展突飛猛進，人民有工作和賺錢的機會，生活大幅改善，家家戶戶蓋了現代化的住宅，不再貧窮與落後，令人不由得感嘆，台灣內鬥虛耗，經濟大衰退，民不聊生；相反地，大陸致力拚經濟，改善民生，成果大家有目共睹，所謂「十年河東，十年河西」，怎不令人感慨風水真的會輪流轉？

臨別前，垂立兄與我站在中央，與前頭村的宗親們圍在一起大合照，揮手道別之後，先到《泉州晚報》與《東南早報》拜會，受到社長楊國昕先生、與總編輯郭培明先生的熱情接待，並在會議室與泉州地區作詞作曲家及文史工作者舉辦座談會，晚間並在一間大型卡拉OK包廂舉辦「林垂立歌友會」，許多粉絲很高興能與原創人一起高歌，一首接一首，唱得渾然忘我，直至凌晨方歇。

隔天，行程更為密集，先是進「泉州電視台」錄製一個小時的「咱厝人」專訪節目，緊接著，「泉州莿桐之聲」廣播電台的「我尚紅」節目，臨時以現場播出方式「訪問閩南語作詞作曲家林垂立」，只有二十四歲的年輕主持人，展現幽默詼諧的主持功力，過程訪問過程極為順暢，一個小時的現場節目播完，電台門口已趕來許多歌迷，大都是泉州地區一些年輕的歌唱比賽的優勝者，爭相希望林垂立老師能收為徒弟，指導歌唱缺失，最好能伯樂遇到千里駒，寫一首歌讓她們來唱，像昔日的張秀卿一曲成名。

午餐之後，立即又進泉州電視台第四頻道攝影棚，錄製兩小時的「唱歌拚輸贏」上、下集節目，直至夜幕低垂，才收工轉往漳州「長泰水陸空漂流」，獲董事長連文成的盛情接待。

一趟泉州尋根之旅，不但如願找到祖籍原鄉，也認識同宗兄弟——名作詞作曲家垂立兄，結伴返回泉州謁祖。更可喜的是，尋根之旅又觸動垂立兄的創作靈感，回到台灣後，很快完成多首歌曲創作，並獲得泉州電視台「唱歌拚輸贏」聘請擔任音樂總監，有機會在閩南語的故鄉撒播音符種籽，短短半年期間，已是桃李滿天下，擁有成群的門徒學生，成為尋根之旅意外的插曲。

二〇〇七年六月二十日

附錄：「尋根之旅」相關報導

附錄一

百年思鄉情切切　今朝圓夢淚漣漣

本報記者聯手泉州有關部門多方尋訪，金門日報總編昨在泉州找到曾祖原鄉。

廈門日報（海峽網）二〇〇六年十一月一日

本報訊（記者　林森泉）秋高雲淡，飛雁橫過泉郡晉水泉金水道。經歷數載苦尋，金門日報總編輯林怡種，昨天在泉州找到金門「瀛洲」林氏的根，就在泉州市豐澤區城東街道前頭社區。「要常回家看看！」「我會帶著宗親來祭祖的！」

昨天下午，帶著喜悅和激動，林怡種含淚與泉州宗親話別。這是在本報記者和泉州市政府地方誌編纂委員會幫助下，又一支分隔近一個世紀的金門宗親，找到了在祖國大陸的根，認到了祖。

林怡種是前天循廈金航線，經廈門轉車到泉州尋根認祖的。據林怡種講，一百年前，其曾祖父未結婚隻身到金門謀生，估計是當建築木匠，娶了當地蔡家女兒。當時，蔡家將一座山當做陪嫁嫁妝，這山從此叫「乎林山」。曾祖父是「丕」字輩分的，生個兒子名叫「成補」，是「成」字輩分的。燈號（族號）為「瀛洲」，姓林。

林怡種的爺爺林成補是個讀書人，有一手好毛筆字。小時候，奶奶說過，不能跟李姓通婚，因為林李同宗。在兩岸炮擊的歲月裏，藏在家裏的族譜被一顆「不長眼睛」的炮彈打中了，準確記載族源「編碼」資訊從此消失。

兩岸的隔絕近半個世紀，使族譜的接續和親情的往來咫尺天涯。但在臺灣和金門以及印尼已經繁衍二百多人的金門「瀛洲」林氏子孫，百年來一直不忘故鄉。

林怡種說，他承載著祖宗和家族的囑託，對故鄉的思念日益加深。「泉州府東門外東坑鄉土牆厝」，憑著小時候記住爺爺在一書本上寫著這些簡單資訊，林怡種二十年前就開始多方尋找，一直關注著泉州。他說，多年來，托了許多人，還上網和上圖書館找了許多資料，自己還到過兩次泉州。但由於時空隔絕，地名變遷，滄海桑田，泉州這邊的族譜毀於文革，加上尋找方法不對，結果都無功而返。為此，林怡種還寫了散文，發出不知原鄉在何處的感歎。

今年七月十七日，本報與金門日報一起幫助一名嫁到泉州惠安、離別金門七十四年的九十七歲老阿嬤鄭勸回到金門尋親，圓了半個多世紀的思鄉夢。七月十九日，當本報記者要離開金門時，林怡種托本報幫他尋找泉州的宗親和曾祖父的原鄉地，以便圓五代人、百餘年的思鄉夢。

本報記者與泉州市地方誌編纂委員會的林龍海科長、和豐澤區地方誌編纂委員會的盧承志一起，從歷史地名、方位入手，採用排他法，經過三十天的努力，基本確認金門燈號為「瀛洲」的林氏，是從前頭村遷去的。

前頭村方位屬於泉州東門外，以前靠海邊，現還有燈號為「瀛洲」的林氏居住，人口數十人。本報和泉州市金門同胞聯誼會及時將尋親資訊向林怡種通報。

編務很忙的林怡種終於在前天成行，這是他第三次來泉州。經過二天的實地調查瞭解，在燈號、地理方位、輩分字型大小和祖厝的建造結構都對上。林怡種認為，他的曾祖父就是從前頭村到金門去的，這是他的原鄉。

《尋親過程》

金門祖厝跟這裏的一模一樣

廈門日報（海峽網） 二〇〇六年十一月一日 記者／林森泉

林怡種是十月三十日下午二時到達泉州。林怡種一到泉州。記者要帶他先去登記酒店，把行李放在酒店。他說，不要了，直接上路吧。

我們雇了一輛的士，與泉州市政府地方誌編纂委員會副編審林龍海科長和豐澤區政府地方誌編纂委員的負責人盧承志一道，往豐澤區城東街道前頭社區出發。

今年七月份，林怡種給本報記者發來了尋親資訊，地名是「泉州府東門外東坑鄉土牆厝」、族派燈號是「瀛洲」，曾祖父叫林丕合，祖父叫林成補，輩分分屬「丕」、「成」。

根據這些資訊，記者與泉州市政府地方誌編纂委員會的林龍海、豐澤區政府地方誌編纂委員的盧承志一起研究。經過多次的尋找和核對，初步確定是前頭社區，這裏目前尚有十多戶人家是「瀛洲」林姓。

在村莊高低不平的路上，林怡種背著行李，穿梭在紅牆古瓦中的小巷裏。在村莊裏，林怡種看見有幾戶人家大門花崗岩牌匾上陰刻有「瀛洲傳芳」的字樣，就走進去打聽、核對情況，但可惜都無功而返。

我們下一站來到「土牆厝」。這裏的居民近千人，也是姓林的，是屬於「九牧」林的。看見這裏和前頭祖厝建築結構，林怡種說，金門祖厝跟這裏的一模一樣，也是蘆葦稈塗灰，內木結構內木牆，外是土牆的。估計年代是一樣的，而且有傳承。離開「土牆厝」已經是晚上了。

十月三十一日上午，我們趕往城東莊任社區。莊任社區與前頭社區距離八百米左右，該社區也有數百人姓林的，是「九牧」林的。一名八十八歲的林姓長老拿出族譜證明，「瀛洲」林氏是十四世，「九牧」林姓氏十七世燈號，「瀛洲」與「九牧」是同宗的。

莊任社區幾位長老帶領我們一起去前頭社區。前頭社區八十八歲的林金土說，他的伯父林成法，是「成」字輩，有一個「瀛洲」祖墳在桃花山。就這樣，地名、燈號都對上了，林怡種在前頭社區找到了曾祖父的原鄉。

十月三十一日下午，林怡種赴廈門，拜會本報總編輯李泉佃，感謝本報的支持。

《記者手記》
留住我們的根

廈門日報（海峽網）　二〇〇六年十一月一日　記者／林森泉

一百多年前，林怡種的曾祖父林丕合隻身從泉州府東門外東坑鄉渡海到金門島，娶了蔡家女，得了一座「乎林山」，富有傳奇充滿愛情浪漫色彩。

林丕合在金門島成家立業，生兒育女。在一個世紀裏，後代人才輩出，人丁旺盛，其子孫現在分別在印尼、臺灣和金門等地生根發芽。如今，林丕合的曾孫林怡種憑著祖先留下來的原鄉資訊，找到了源頭。

一百多天前，廈門日報和金門日報以及金門愛心基金會為嫁到惠安九十四歲的鄭勸老人找到闊別七十四年的金門老家。

時空相隔數十載，滄海桑田。金門的古渡口已經不存在，鄭勸老人認不著家鄉；昔日繁華的前頭不見帆影，泉州市區已經發展到林怡種的原鄉前頭村，都市腳步已經近了，過幾年，這裏將被高樓大廈取代。不管是金門或是泉州，都在進步都在變化。因此作為尋親的地名都在變化，有的會消失。

作為尋根五大載體：祖墳、村莊地名、族譜、字輩、祖厝祠堂。我們該如何採取措施，讓承載族群資訊的載體得到保護和延續。

我認為，村莊或社區的拆分，至少要有一個地方保留著原來歷史地名。族群的祖墳、祖厝祠堂遇到建設需要遷移，有關部門在年鑒要有記載，應該通知相關家族、親人等。

附錄二

金門日報總編輯林怡種先生三度來泉尋根

東南早報　二〇〇六年十一月一日　記者／姚炳輝

參天大樹，必有其根。

《金門日報》總編輯林怡種先生前天踏上泉州故土時感歎：離家越久越思念故土。

「我記得祖父曾跟我說過，阿祖家住泉州府東門外東坑鄉土牆厝，燈號是瀛洲，為林李同宗，之外沒有任何的線索。」懷著對故土的濃濃思念，林總編輯踏上了尋根之旅。二〇〇三年，及二〇〇五年他先後兩次來泉州尋訪，但行程匆匆且歷史變遷，兩次均無果而返。此次，他做了一些事前摸底，把尋根的範圍縮小在豐澤區城東街道一帶。

十月三十日下午，林總編輯在友人陪伴下，剛抵達泉州，便直奔豐澤區城東街道寶山社區、前頭社區踏訪。但因村裏老人不在，年輕人誰也說不上個緣由來。

十月三十日晚，泉州市方志委林科長傳來消息：寶山社區有一林姓家譜。林總編輯聞訊激動不已。

昨日上午，記者陪同林總編輯一行來到寶山社區。社區委員林清福拿出新編的家譜，但翻閱後輩分對不上。林總編輯說：「金門的輩分是：公卿侯世德，丕成遠垂芳，厚道聲顯耀，賢富應揚輝」，這裏卻沒有這些輩分，應該不是。一條線索就這樣斷了，好在林清福又提供了一條線索，莊任社區也有林姓，可去看看。

認祖心切。林總編輯趕赴莊任社區，莊任社區老人會的林老先生介紹了「瀛洲」「九牧」的關係，原來「瀛洲始祖為九牧始祖的曾祖父，瀛洲九牧同宗。」莊任社區林姓燈號為「九牧」，泉州府東門外要找「瀛洲」，須往前頭社區。

好事多磨，柳暗花明。

前頭社區八十四歲的林金土老人說，族譜、祖先牌位都在「文革」期間毀掉了，而且現在年輕人都沒用輩分了，誰也說不上族譜的輩分是什麼，但他記得他的伯父是「成」字輩的；也有一個阿婆說，社區對面山上還有林姓祖墳，為清朝時期的，墓碑上應該有記載。

聽著阿伯阿婆們的熱情介紹，加上兩天來的踏訪，林總編輯無不動容：「我看這邊老房子的結構跟金門林姓的老房子相同，而且燈號同為瀛洲，並且輩分有一『成』字輩，我看八九不離十，這是我的祖家了。等最終確定下來，改天我一定帶領一家人回泉州謁祖。」

附錄三

金門日報總編輯原鄉謁祖

中新社　二〇〇七年六月九日　記者／林永傳

八日上午，《金門日報》總編輯林怡種先生和閩南語歌曲《車站》的作者林垂立先生，在百多名家鄉父老的陪同下，冒雨來到位於福建省泉州市豐澤區城東街道前頭社區即將被拆除的「瀛洲祖廳」，進香謁祖。

說起找到魂牽夢繞的曾祖原鄉，林怡種先生感慨萬千。一百多年前，其曾祖父隻身從大陸到金門謀生，娶了當地蔡家女兒。當時，蔡家將一座山當做陪嫁嫁妝，這山從此叫「乎林山」。燈號（族號）為「瀛洲」的林家從此開始在金門、台灣島、印尼等地繁衍，至今已有二百多人。

在兩岸炮擊的歲月裡，藏在林怡種爺爺家裡的族譜被一顆炮彈打中了，準確記載族源「編碼」的信息從此消失。兩岸隔絕近半個世紀，使族譜的接續和親情的往來咫尺天涯。但林家子孫百年來一直不忘故鄉。

林怡種爺爺林成補是個讀書人，能寫一手好毛筆字。他在一本書上給子孫留下了原鄉在「泉州府東門外東坑鄉土牆厝」的模糊信息。

承載著祖宗和家族的囑托，林怡種二十多年前就開始多方尋找原鄉，並一直關注著泉州。他說，多年來，托了許多人，還上網和上圖書館找了許多資料，自己還到過兩次泉州。但由於時空隔絕，地名變遷，滄海桑田，結果都無功而返。為此，林怡種還寫了散文，發出不知原鄉在何處的感嘆。

去年的十月三十一日，在《廈門日報》駐泉州記者林森泉先生的 力幫助下，林怡種終於在泉州市豐澤區城東街道的前頭社區找到了原鄉，找到了根。臨回金門前，他深情表示，「要常回家看看」，「會帶著宗親來祭祖的！」

殊不知，如果時間再遲一些，也許林怡種尋找原鄉、尋根的願望只能永遠留在夢中。擁有一千多人口，其中「瀛洲」林姓二百多人口的林頭社區，已納入泉州城市大規模改造的範圍，數十戶嵌有「瀛洲傳芳」的民房已基本拆完，未來幾年這裡將建起一、二十層高的高樓大廈。

時間僅過去七個多月，林怡種先生便帶著自己的堂親、台灣著名音樂制作人、膾炙人口的閩南語歌曲《車站》作者林垂立先生返鄉謁祖。在熱情純樸的家鄉父老鄉親面前，林垂立先生抱著吉它自彈自唱，動情地獻上他的《車站》。

臨別時，兩人道出他們的心願：願原鄉的「祖廳」能得以保留，讓更多的子孫前來尋根謁祖。

（本則新聞經中新社發布，海內、外一百多家媒體採用轉載）

附錄四

走在回鄉路上

東南早報　二〇〇七年六月九日　記者／姚炳輝

「這時陣刷來鼻頭酸，目屎忍不住滴落胸前，故鄉的厝來媽媽的交代，阮是思念伊對阮的愛。」用這首林垂立先生創作的《想厝的心情》，來形容他回鄉謁祖的心情，再貼切不過了。

昨日上午九時三十分，一路上陰雨不斷。著名閩南語歌曲作曲家、製作人林垂立先生與金門日報總編輯林怡種先生，相攜來到豐澤城東街道前頭社區，回鄉謁祖。兩位先生的到來，受到社區鄉親們的盛情歡迎。在社區路口，連夜搭起了紅色拱門，社區小道兩旁則插滿彩旗，幾十名鄉親撐著傘在雨中等候。

早報為尋根搭橋牽線

說起林垂立先生此次尋根之旅，要追溯到去年十月金門日報總編輯林怡種先生先生來泉尋根。

林怡種先生曾於二〇〇三、與二〇〇五年先後兩次來泉州尋訪，但行程匆匆且歷史變遷，兩次均無果而返；去年十月份，林怡種先生第三次來泉，在泉州市金門同胞聯誼會、市方志委、東南早報等協助下，幾經周折，終於確定前頭社區為其祖家。「改天我一定帶領一家人回泉州謁祖。」林怡種先生臨別時對鄉親們說。

如果說，林怡種先生的尋根之旅是「柳暗花明又一村」的話，那麼林垂立先生的經歷則可用「夢裏尋她千百度」來形容。一九八七年，林垂立先生就開始了尋根之旅。當時，他陪岳父南下廣州，後來又折回「大姑念叨」的廈門，然而卻一無所獲。幾年來，雖然沒有停止過尋根的夢想，但由於年代久遠，世事更迭，尋根一事漸漸渺茫。

事情的轉機出現在林怡種先生，給林垂立先生發出關於自己尋根的郵件。在臺北的林垂立先生看到林怡種摘錄的《東南早報》等相關報導，再次觸發了他尋根之想。經雙方反復聯繫確認，林垂立與林怡種是同族同輩。於是，林垂立邀請林怡種陪同他到泉州尋根謁祖。

鄉親們與林垂立同唱《車站》

雖然此次來祖國大陸不過才兩三天，但是一路上聽著鄉音，聽到了他創作的歌曲仍在傳唱，林垂立先生說他深受感動，「我的歌比我先到故鄉」。

而真正打動林垂立先生的，則是鄉親們圍在一起與他同唱《車站》。剛抵達前頭社區，林垂立與林怡種先生被接待在鄉親林永安家客廳裏。當時，鄉親們都圍過來了，互訴鄉情。

「啊，你是《車站》的作者？這首歌我們會唱。」一聽說林垂立先生是《車站》創作者，人潮湧動起來，有鄉親立馬提出要林垂立先生現場彈奏《車站》。

在鄉親們的盛情邀請下，林垂立先生彈起自帶的吉他，沒想到圍成一圈的男女老少幾乎都跟著唱了起來。「沒想到，真的沒想到，六七十歲的人都會唱這首歌，真的讓我非常感動。」唱完，林垂立先生連用好幾個「沒想到」形容他的心情。

鄉親們冒雨陪伴謁祖

兩位先生的到來，成了前頭社區共同的節日，家家戶戶都有人過來參加謁祖活動。林吉福老人告訴記者，就在兩位先生到來前一天，他們剛送走一批馬來西亞回鄉認祖的鄉親。「要是他們二位晚一天到的話，我們還能準備得更好。」林吉福說。

天公也來湊熱鬧，雨漸漸大了起來。幾十名鄉親撐著傘，陪著林垂立、林怡種祭拜了媽祖、祖廳等，舉行簡單而莊重的謁祖儀式。儀式結束後，林垂立先生接到遠在臺灣的妻子打來的電話。在電話裏，他告訴妻子：「回到了魂牽夢縈的地方，看到了夢鄉的畫面。」

臨別，鄉親們與林垂立、林怡種依依不捨。鄉親們叮嚀，要帶著子孫回故鄉多走走；而兩位先生也邀請鄉親們到金門、臺灣地區走走看看。

附錄五

林垂立泉州謁祖　動情彈唱《車站》

廈門日報（海峽網）　二〇〇七年六月十一日

本報訊（記者／林森泉／通訊員　吳輝誼）　閩南語歌曲《車站》的詞曲作者林垂立先生，昨天離開原鄉泉州到漳州。他們在泉州謁祖期間沐浴在濃濃鄉音鄉情中。

六月八日上午，林垂立先生和宗親林怡種先生在一百多名家鄉父老的陪同下，冒雨來到位於泉州市豐澤區城東街道前頭社區即將被拆除的「瀛洲祖廳」，進香謁祖。

說起找到魂牽夢繞的曾祖原鄉，林怡種先生感慨萬千。一百多年前，其曾祖父隻身從大陸到金門謀生，娶了當地蔡家女兒。當時，蔡家一座山當做嫁妝，這山從此叫「乎林山」。

由於藏在林怡種爺爺家裏的族譜被一顆炮彈打中，準確記載族源「編碼」的資訊從此消失。雖然兩岸隔絕近半個世紀，但林家子孫一直沒有忘記故鄉。去年十月三十一日，在本報記者和泉州市金胞聯、泉州方志委的傾力幫助下，林怡種終於在泉州市豐澤區城東街道的前頭社區找到了原鄉，找到了根。

昨日，在熱情的父老鄉親面前，林垂立先生抱著吉他自彈自唱，動情地獻上他的《車站》，族群宗親和歌友高聲應和。

附錄六

臺灣著名製作人林垂立：我的歌先我回到故鄉

海峽導報　二〇〇七年六月七日　記者／葉秀月

「火車已經到車站，阮的心頭漸漸重……」這是去年廈門人投票評選出來的最經典閩南語歌曲榜首得主《車站》。昨天，歌曲的創作者、臺灣著名製作人林垂立來到廈門，開始他在閩南的尋根之旅。

他的歌紅透閩南語文化圈

林垂立創作的一曲《車站》，讓整個閩南語樂壇感動得紅了眼眶。這首歌拿下了一九九三年臺灣金曲獎「年度最佳歌曲獎」及當年臺灣地區閩南語歌曲銷售總冠軍。

次年，歌曲演唱者張秀卿再以林垂立作品《想厝的心情》勇奪臺灣最佳女歌手獎。林垂立寫的《感謝你的愛》曾被用作一九九六年臺灣「總統大選」主題曲；而《一步一腳印》則是他對人生世事造化巧妙的體會，現在連電視臺都用來當節目名稱。林垂立的作品，從臺灣傳入閩南，傳到東南亞，成為閩南語文化圈裏共同的文化符號。

來到廈門感覺「很奇妙」

去年，在臺北的林垂立看到媒體報導《金門日報》總編輯林怡種回泉州尋根之事，觸發了他尋根之想。經過反覆確認，林垂立與林怡種是同族。於是，林垂立邀請林怡種陪同他到泉州尋根。兩人昨天分別從金門、臺北出發，相會在廈門，今日趕往泉州尋根。

林垂立告訴記者，其實自己在一九八七年就來過廈門。當時他陪岳父到廣東尋根，想起從小聽大姑念叨的鼓浪嶼，便專程從廣東到廈門，來看那個傳說中的鼓浪嶼。這次來到廈門，林垂立感覺非常「奇妙」：

我在這裏聽到同樣的語言，特別是每個人一聽說我的歌曲都立即和我很親近，其實，我的歌已經先我回到故鄉了，歌曲是非常奇妙的東西，可以讓所有喜歡它的人心靈沒有距離。聽說《車站》去年被選為最經典閩南語歌曲，我很感慨，可惜當時沒有來廈門參與那次評選。

致力拯救閩南語音樂文化

三年前，有感於閩南語逐漸流失，導致閩南語流行音樂文化快速萎縮的危機，林垂立著手編著創作學齡前後幼兒閩南語教學歌曲，希望能讓幼兒及早接觸方言，通過動畫、歌曲、舞蹈等形式潛移默化，在不知不覺中快樂學習閩南語。

林垂立說，這是個浩大的工程，三年來，他一直日以繼夜地為此努力，希望早日完成這個文化傳承的工作。「培養一個我，至少需要二十年的閩南文化氛圍薰陶，我現在成功了，希望別人不要用這麼多的時間來成功，所以我要從孩子做起，營造一個文化氛圍。」林垂立懇切的語言讓記者也深為感動。

希望來閩南尋找音樂小種子

這次來到閩南，林垂立有了個新規劃：把戶籍遷到金門，可以方便通過廈金直航來廈門，為以後在閩南推廣閩南語歌曲做好準備。

實際上，林垂立曾在內地創作歌曲——上個世紀九十年代，他曾為劉曉慶籌畫製作的電視劇《風華絕代》創作主題曲。林垂立表示，自己一直想做的便是到大陸來製作閩南語歌曲，但卻找不到管道。這次來到廈門，他瞭解到閩南也同樣存在與臺灣相同的問題：閩南語逐漸式微。林垂立覺得自己有責任在故鄉做好文化傳承：

我曾經是個小小的音樂種子，後來發芽成長了，希望能在廈、漳、泉也找到音樂小種子，把他培育成大樹。

附錄七

閩臺緣：我終於在泉州找到「根」了

福建日報 二〇〇七年六月十四日 記者／吳金森、洪亞男

近日，《金門日報》總編輯林怡種先生和閩南語歌曲《車站》的作者林垂立先生，在百餘名家鄉父老的陪同下，冒雨來到位于泉州市豐澤區城東街道林頭社區即將被拆除的「瀛洲祖廳」，進香謁祖。

說起找到魂牽夢繞的曾祖原鄉，林怡種先生感慨萬千。一百多年前，其曾祖父只身從大陸到金門謀生，娶了當地蔡家女兒。當時，蔡家將一座山當做陪嫁嫁粧，這座山因此取名「乎林山」。燈號（族號）為「瀛洲」的林家從此開始在金門、臺灣島和印尼等地繁衍，至今已有兩百多人。

林怡種的爺爺林成補是個讀書人，他在一本書上給子孫留下了原鄉在「泉州府東門外東坑鄉土墻厝」的模糊信息。

承載著祖宗和家族的囑托，林怡種二十多年前就開始多方尋找原鄉。去年十月三十一日，在有關報社記者的幫助下，林怡種終于在泉州市豐澤區城東街道林頭社區找到了原鄉。臨回金門前，他深情地表示：「今後要常回家看看，帶著宗親來祭祖！」

時間僅過去七個多月，林怡種先生便帶著自己的堂親、臺灣著名音樂制作人、膾炙人口的閩南語歌曲《車站》作者林垂立先生返鄉謁祖。在熱情純樸的父老鄉親面前，林垂立先生抱著吉他自彈自唱，動情地獻上他的《車站》。

附錄八

為了文化的根，孤獨地堅守

臺灣「金曲製作人」、流行閩南語歌曲《車站》的創作者林垂立昨做客本報

廈門日報　二〇〇七年六月十一日　記者／藍碧霞　攝影／蘇媛

林垂立：一九五四年出生，臺灣著名的閩南語作曲家、製作人。他創作的閩南語歌曲《車站》、《春夏秋冬》等不僅唱遍臺灣大街小巷，也在一衣帶水的海峽西岸流行。別情依依的《車站》、兩地思慕的《春夏秋冬》、溫暖感恩的《感謝你的愛》，還有《想厝的心情》、《一步一腳印》、《好女兒》……這些經典的閩南語歌曲背後，都有一個相同的名字：林垂立。

昨日，這位臺灣「金曲製作人」與《金門日報》總編輯林怡種一起回祖國大陸尋根謁祖，做客本報，並接受記者專訪。

記者：在很多經典閩南語歌曲中，都少不了《車站》。很多人因此熟悉了歌手張秀卿，卻少有人知道作詞、作曲的林垂立。我們都很想瞭解您歌曲創作背後的故事。

林垂立：不知道創作者很正常，因為我們屬於幕後的人。我們打造的歌手成功了，我們同樣享受到成就和快樂。

創作歌曲的靈感，在對的時空就會被激發出來。以前我上學經常坐火車，在月臺上看人迎來送往，很有感觸，所以有了《車站》。我沒有想到，只是自身經歷的抒發，意外地引起聽者的共鳴。很多作品都是這樣創作出來的。上世紀九〇年代初，我獨自到北京，參與劉曉慶主演的《絕代風華》主題曲的創作，此後三年留在大陸發展，其間經歷各種挫折、磨練，和每個遠行的遊子一樣體驗了心酸和思念，《春夏秋冬》就是以此為背景創作的。

記者：《車站》、《望春風》這些閩南語流行曲，都是在臺灣創作，從海峽對岸傳唱過來，並得到這裏百姓的喜歡。您怎麼看閩南語歌曲與兩岸文化交流？

林垂立：相同的鄉音，就是我們交流的基礎。如果有機會，我會來廈門發展，因為這裏的鄉音鄉情。或許有一天，我可以發掘一個廈門的張秀卿，把閩南語歌曲從廈門唱到臺灣去（笑）。

記者：我們現在唱的閩南語歌曲，基本上都是老歌，能傳唱開的新歌很少，是什麼因素制約了閩南語歌曲的發展？

林垂立：一九九七年、一九九八年的閩南語歌曲市場就開始萎縮了。如今，臺灣的孩子講閩南語的少了，不會說也聽不懂，閩南語的逐年流失，導致閩南語流行音樂文化快速萎縮。

記者：為什麼您還堅持閩南語歌曲的創作和製作？

林垂立：我動過製作國語歌曲的念頭，畢竟那是一個比較大眾的市場，但是我又捨不得放棄閩南語歌曲。說實話，我做這個事業，有點「孤獨」。我不放棄，是因為我覺得每個人都不能忘記自己從哪裡來的。不管人到哪裡，唱一首閩南語歌曲，就表示了和家鄉的關係，你可以走得很遠，但文化的根總是紮在這塊土地上。

記者：為了閩南語歌曲的傳承，您有沒有嘗試一些創新？

林垂立：我目前正在努力的，是培養小朋友對閩南語的感情。因為要理解一種文化，首先要學會承載這種文化的語言。我正在編著、創作學齡前後的兒童閩南語教學歌曲，通過歌曲、卡通等形式，讓兒童在聽、看、唱、跳、玩當中接觸閩南語。這也是在培養閩南語流行歌曲的受眾（笑）。當然，這個任務很艱鉅，但我會堅持。我也在籌組爵士樂團，未來專職從事閩南語歌曲作品的演唱、演奏和表演，這也是一個創舉。

附錄九

尋找「音樂種子」——專訪臺灣名製作人林垂立

海峽生活報（海峽網）　二〇〇七年六月十二日　記者／寶珠

林垂立：一九五四年出生，臺灣著名閩南語作曲家、製作人。在他的打造下，張秀卿、蔡秋鳳、彭莉、蔡小虎等紛紛躋身閩南語歌壇的天王天后。代表作品：《車站》、《想厝的心情》、《感謝你的愛》、《春夏秋冬》等。

在本報的牽線下，八日下午林垂立與大陸閩南語歌後陳飛相遇於廈門，兩人相談甚歡。林垂立愉快地接受了本報記者的專訪。

最愛《春夏秋冬》

林垂立說，他的歌曲創作都來自於生活，從生活中一點一滴積累，最後因為某個介點，就爆發了出來，《車站》就是這樣。林垂立似乎和火車特別有緣，他的另一首歌曲《春夏秋冬》也源於一次火車之旅，「林垂立」講了這樣一個故事。

九十年代初，林垂立到大陸來尋找更廣闊的音樂天地，在從成都到北京的火車上，他遇到一個十八歲的女孩，剛剛高中畢業。讓他驚奇的是，女孩並沒有繼續深造或是參加工作，而是在一家育幼院做義工，每個月領五十元錢的微薄工資。此次北上，是到北京某高校學習照顧人的專業知識。最後小姑娘送給了林垂立六個字、三顆心：愛心、關心、耐心。和女孩交談之後，林垂立深感震撼，聯想到自己此番來大陸，卻是有著諸多的名利追求。與女孩分開後，他的心還久久不能平靜，創作了《春夏秋冬》來紀念這個女孩以及自己在大陸三年的經歷。

再次踏上尋根之旅

去年，在臺北的林垂立看到媒體報導《金門日報》總編輯林怡種回泉州尋根的事，觸發了他多年來回大陸尋根的心願。經過反復確認，林垂立確定與林怡種是同族。

於是，他邀請林怡種陪同他到泉州尋根。實際上，早在十幾年前，林垂立就「偶遇」了自己林家的「根」。九〇年代他到大陸為劉曉慶主演的電視劇《風華絕代》創作主題曲時，一次行至河北懷縣，一位姓林的本家拿著一本族譜對他說，「林姓人就是從懷縣走出去的。」看著那本林氏族譜，知道自己的祖先就是從這裏出來的，林垂立心裏很強烈地一震。

對於廈門，林垂立有很深的感情，「我小時候，姑姑經常在我耳邊念叨廈門，說鼓浪嶼有多麼漂亮，於是我從小就下了決心一定要到廈門看看，可以說是魂牽夢縈。」

與陳飛相談甚歡

為了挽救日漸式微的閩南語樂壇，林垂立做了很多努力。三年前，他著手編著創作學齡前後幼兒閩南語教學歌曲，希望能讓幼兒及早接觸方言，通過動畫、歌曲、舞蹈等形式潛移默化，在不知不覺中快樂學習閩南語。聽著小孩子稚嫩地唱著閩南語歌，更堅定了他要把閩南歌傳承下去的決心。

知道陳飛正在培養閩南語音樂新人並有一批好的苗子，林垂立十分感趣，「我非常希望在大陸培養出下一個張秀卿來」。兩人相約本周舉行一次音樂聚會，我們期待這位臺灣金牌製作人與大陸的閩南語歌后能為我們帶來驚喜。

國家圖書館出版品預行編目

走過烽火歲月 / 林怡種著. -- 一版. -- 臺北市
：秀威資訊科技，2008.10
面； 公分. . -- （語言文學類；PG0200）

BOD版
ISBN 978-986-221-064-2（平裝）

855　　97015670

語言文學類　PG0200

走過烽火歲月

作　　者 / 林怡種
發 行 人 / 宋政坤
執 行 編 輯 / 黃姣潔
文 稿 校 對 / 陳欽進
圖 文 排 版 / 郭雅雯
封 面 設 計 / 莊芯媚
數 位 轉 譯 / 徐真玉　沈裕閔
圖 書 銷 售 / 林怡君
法 律 顧 問 / 毛國樑　律師
出 版 印 製 / 秀威資訊科技股份有限公司
台北市內湖區瑞光路583巷25號1樓
電話：02-2657-9211　傳真：02-2657-9106
E-mail：service@showwe.com.tw
經　銷　商 / 紅螞蟻圖書有限公司
台北市內湖區舊宗路二段121巷28、32號4樓
電話：02-2795-3656　傳真：02-2795-4100
http://www.e-redant.com

2008 年 10 月 BOD 一版
2009 年 11 月 BOD 二版
定價：290 元

讀　者　回　函　卡

感謝您購買本書，為提升服務品質，煩請填寫以下問卷，收到您的寶貴意見後，我們會仔細收藏記錄並回贈紀念品，謝謝！

1.您購買的書名：________________________

2.您從何得知本書的消息？

□網路書店　□部落格　□資料庫搜尋　□書訊　□電子報　□書店

□平面媒體　□ 朋友推薦　□網站推薦　□其他__________

3.您對本書的評價：(請填代號　1.非常滿意 2.滿意 3.尚可 4.再改進)

封面設計____　版面編排____　內容____　文/譯筆____　價格____

4.讀完書後您覺得：

□很有收獲　□有收獲　□收獲不多　□沒收獲

5.您會推薦本書給朋友嗎？

□會　□不會，為什麼？________________________________

6.其他寶貴的意見：________________________________

____

____

____

讀者基本資料

姓名：__________________　年齡：_____　性別：□女　□男

聯絡電話：______________　E-mail：__________________

地址：____

學歷：□高中(含)以下　□高中　□專科學校　□大學

□研究所(含)以上　□其他______________

職業：□製造業　□金融業　□資訊業　□軍警　□傳播業　□自由業

□服務業　□公務員　□教職　□學生　□其他__________

請貼
郵票

To：114

台北市內湖區瑞光路583巷25號1樓

秀威資訊科技股份有限公司　　　收

寄件人姓名：

寄件人地址：□□□

(請沿線對摺寄回,謝謝!)

秀威與BOD

BOD（Books On Demand）是數位出版的大趨勢，秀威資訊率先運用POD數位印刷設備來生產書籍，並提供作者全程數位出版服務，致使書籍產銷零庫存，知識傳承不絕版，目前已開闢以下書系：

一、BOD 學術著作—專業論述的閱讀延伸
二、BOD 個人著作—分享生命的心路歷程
三、BOD 旅遊著作—個人深度旅遊文學創作
四、BOD 大陸學者—大陸專業學者學術出版
五、POD 獨家經銷—數位產製的代發行書籍

BOD秀威網路書店：www.showwe.com.tw
政府出版品網路書店：www.*gov*books.com.tw

永不絕版的故事・自己寫・永不休止的音符・自己唱